ハヤカワ文庫 SF
〈SF2456〉

宇宙英雄ローダン・シリーズ〈721〉

ブラック・スターロード

アルント・エルマー＆クルト・マール
田中順子訳

PERRY RHODAN
SCHWARZE STERNENSTRAßEN
DIE GRAUEN EMINENZEN
by

Arndt Ellmer
Kurt Mahr

Translated by
Junko Tanaka
First published 2024 in Japan by
HAYAKAWA PUBLISHING, INC.
This book is published in Japan by
arrangement with
HEINRICH BAUER VERLAG KG, HAMBURG, GERMANY
through JAPAN UNI AGENCY, INC., TOKYO.

目次

ブラック・スターロード

ブラック・スターロード

アルント・エルマー

登場人物

ジュリアン・ティフラー……………《ペルセウス》指揮官
ボルダー・ダーン……………………同副官
ニア・セレグリス……………………同乗員。ティフラーのパートナー
フェルマー・ロイド…………………テレパス
ラス・ツバイ…………………………テレポーター
グンドゥラ・ジャマル………………《カシオペア》船長
ランドルフ・ラモン…………………同副長
ハロルド・ナイマン…………………同格納庫チーフ兼搭載艇艇長
ガリバー・スモッグ…………………同乗員。異生物学者。砲手
ティリィ・チュンズ…………………同乗員。ブルー族
フイスキャップ………………………アイスクロウ

1

「起床せよ。ぐずぐずするな。よく聞け！　こちらは船長。これは訓練ではない。全員持ち場につけ！　五分以内に完了を報告せよ。くりかえす、これは訓練ではない！」

電力消費が跳ねあがった。船内のいたるところで、男も女も休憩から飛びおきて、明かりをつけたのだ。急いで命令にしたがう。非常呼集のことは予告されていなかったが、このタイミングだろうとだれもが予期していた。目的地にほぼ到達したということだ。

グンドゥラ・ジャマルはシートから立ちあがった。八十三歳のもとハンザ・スペシャリストは、勤務用コンビネーションにおおわれた筋肉を緊張させ、上腕二頭筋の動きを観察していたが、突然、あたりを見まわし、居あわせた司令室のメンバーたちをにらみつけた。

「なにを見てるの？　ペンキ猿ども！　もっと規律が必要なようね！」

生まじめさと笑いが入りまじったメンバーの表情にはおかまいなく、グンドゥラはセランを持っているロボットを呼ぶと、着用を手伝わせた。

まったく、とノーマン・スペックは目立たない場所で思った。ミンクのコートを着るみたいにスーツを着るんだな！　セランが閉まり、《カシオペア》の女船長は全体を点検するとピココンピュータで通信し、それから決然と副長のほうを向いた。ランドルフ・ラモンは遠征隊のほかの二隻と絶えず通信しながら、シントロニクス結合体が《ペルセウス》と《バルバロッサ》の装置との微調整をおこなうようすを見守っていた。

ラモンはときおり女と話をしているが、ちいさいモニター上で顔はよくわからない。

「どこまで進んでいるの、ランドルフ？」と、船長。

「カウントダウン開始の半時間前です」ラモンは目をあげずに答えた。「ブラックホールの詳細な測定データはもっと近づいてからでないと得られません」

「武器管制スタンドはどうなってる？」ジャマルが語気を荒らげる。「いつになったら充塡するの？」

異生物学者で砲手のガリバー・スモッグは、ちょうど反重力リフトから出てきたところだった。休憩をとっていたのだが、睡眠がたりているようには見えなかった。鎌のようなかたちの髪の先端があっちこっちへ飛びだし、半分だけ閉めた船内コンビネーションがだらしなく垂れさがっている。苦労していくつかのシートを迂回すると、二百二十ポンドの巨体をグンドゥラ・ジャマルの前でとめた。

「適時に充塡します」鎌のような髪形と体重に、百九十五センチメートルという突出した身長もあいまって、〝エルトルス人〟の異名を持つテラナーは、うなるようにいった。

「まだ時間はあると思います」

スモッグは一歩うしろにさがると、胸の前で腕を組んだ。

「ノーマン、どこにいる？」

ノーマン・スペックが近づいてくる。目立たない外見のせいで、司令室内にいても、認識されないことが多かった。グンドゥラ・ジャマルがまぶたをぴくつかせた。

「やあ、ガリバー」スペックが小声でいった。「なにかあったか？」

「外の破片を見てくれ」と、スモッグが大声で答える。「変化はない。あれが危険に見えるか？　あのなかに生きのこった敵がかくれてるか？」

「そうは思わない」

「そうだろ？　したがって当面、武器管制スタンドは必要ない。それでいいか？」

「もちろんだ」

グンドゥラ・ジャマルはとっくにシートをはなれていた。力強い足どりでやってきて〝エルトルス人〟の前に立つと、「なにが正しくてなにが重要かは、わたしが決める」と、どなりつけた。「わかったわね、スモッグ砲手？」

「はい、船長！」ガリバー・スモッグが大声で返答した。

「よろしい。この先を生きて切りぬけられたら、罰としてシフト一回分、合成じゃがいもの皮むきをしてもらいます。いいわね？」

「そうせざるをえないのでしたら」スモッグは唖然とした。笑いだしそうになったが、グンドゥラが自分のシートのほうにもどるまでがまんした。それから、言語学者でアマチュア考古学者のスペックを砲座がある目立たない場所に引きいれた。

「じゃがいもの皮むきをするくらいなら、生きて切りぬけられないほうがましだぜ」スモッグが不平をいう。「どう思う？」

「きみが皮むきをするのに賛成だな。第一に、自動装置の負担が減ってエネルギーを必要としなくてすむ。どのみちブラックホールを通りぬけるときに使いはたすんだから。第二に、きみがばかなことを考えているひまがなくなる。第三に、遠征隊があらゆる手段をつくしてこの先を生きて切りぬけて、銀河系にたどりつくことに個人的な興味がある」

スモッグはスペックをシートにすわらせ、隣りに腰をおろした。

「わかったぞ」スモッグがささやく。「きみはいまでも家族のことを考えてるんだな！」

「ときどきさ、ガリバー。あるいは家族の子孫のことも。ネーサンのもとでかれらはどうなったのか？」

「四九〇年に行ったときわかったように、この状況は地球の月のハイパー・インポトロニクスに責任があると本当に考えてるのか？」

「あるいはほかの施設か。だが、きみのいうとおりだ。それは重要なことじゃない。わたしはこれまできちんと向きあってこなかった。怖かったんだ」

スモッグは思いやりに満ちた目を向けた。みんな同じだったのだ。銀河系船団が停滞フィールドから出たとき、かれらは六百九十五年の時をむなしく飛び越してしまったことを認めなければならなかった。ほとんどの者にとってはショックだった。みんな家族や友人・知人をあとにのこしており、もう二度と会えないという事実を突きつけられたのだから。そのあと、故郷銀河に入れないことを知るはめになった。故郷の近くまで帰還してちょうど一年後のいま、ようやく銀河系内に到達するチャンスがでてきたのだ。

わずかなチャンスだが、むだにしたくはない。

「本当になにか発見するかもしれないしな」と、スモッグ。「そうであれば、よろこんでじゃがいもの皮をむくよ。でもノーマン、合成じゃがいもはふつう皮なしでつくられるのに、いったいどうやって皮をむくんだ？」

スペックは肩をすくめた。スモッグが前にかがんでスクリーンのスイッチを入れる。背後にあるメインスクリーンと同じ映像がしめされる。かれらはシラグサ・ブラックホールの手前八千二百万キロメートルのところにいる。近くにはシラⅢの破片が漂っている。シラⅣとシラⅡの残骸もふくめ、《ペルセウス》が最初に訪れたときのままだ。宇宙ハンザの研究プロジェクトがどうなったのか、知るすべもない。

確実なのはふたつのことだけ。NGZ四三五年にはじまった研究プロジェクトと、隣接するブラックホールは、同じ名前なのだ。ポイント・シラグサは局部銀河群の航路から遠くはなれた銀河間空間にある。距離は三十二万四千光年。シラグサの名は初代の女性首席エンジニア、イル・シラグサに由来する。彼女は、宇宙艇でブラックホールの重力渦に近づきすぎて事象の地平線の向こうに消え、二度とあらわれなかった。

「あそこだ！」ノーマン・スペックが、破壊されたステーションの光強調画像のあいだを指さした。銀河系のシルエットの向かいにブラックホールがはっきりと見える。「あれが卓越した知性を持つ美女だってことはないか？」

「だれだって？」

「イル・シラグサさ。これだけ時をへたあとでも、彼女とそのチームの手がかりを見つけることはできると思わないか？」

「どうかな」ガリバー・スモッグは、もう話す気はなさそうだった。

スモッグは兵器システムの制御シントロニクスの整備をはじめ、司令室内で飛びかうほかの二隻との会話に耳を澄ました。言語学者の熱狂的な言葉には、もう関心はなかった。なにものにもじゃまされないよう集中した。この状態になると、けっして平静を乱されることはない。それが《カシオペア》砲手の長所だった。

「カウントダウンの前段階に入った」グンドゥラ・ジャマルが大きな声で告げた。「シントロニクス結合体のアナウンスに注意するように。ところで、よろこばしくも、持ち場につくのに五分以上かかった乗員はいなかった。ハロー、ティフ、聞こえます？　こちらはスタートできます！」

《ペルセウス》のジュリアン・ティフラーからの返答は聞こえなかったが、船長の満足げな声から万事順調だとわかる。作戦は開始可能だ。この作戦には響きのよい名前がついているが、冒険の中身はぼんやりとしかわからない。

作戦名は〝ブラック・スターロード〟。

多くの危険があるかもしれない。イホ・トロトや《ハルタ》で飛行したときのペリー・ローダンの経験に照らせば、この輸送路の利用はなんらかの危険をともなうものだ。だがそれは、グンドゥラ・ジャマルにとっては些細《ささい》なことだった。どこに出るかは、ある程度確実にいうことができる。〝いつ〟に出るかは不確かだが、こうした旅では数百年の時差はふつうのことに思える。

些細なこと。惑星フェニックスの軌道からスタートした直後、前々回の船内通話で船長はそういった。カンタロにとってはまったく些細なこと！

この冗談を理解できた者はほとんどいなかった。本当にわかっているのは本人だけだろう。この冗談は彼女の人柄そのものをあらわしていた。

《ペルセウス》で銀河系のペルセウス・ブラックホールから飛びだせたら、これ以上ない吉兆じゃないか？　と、ガリバー・スモッグは思った。

＊

パルス・コンヴァーターを使用してクロノパルス壁を通りぬけるために《シマロン》と《ブルージェイ》がフェニックスの軌道をはなれてから、二週間以上たつ。遠征隊の運命についてはなんの情報もない。爆発が確認されていないので、成功したのだろう。ローダンとは特別な連絡信号は申しあわせてなかったし、その意味もなかっただろう。壁の向こうでかれらを待っているのは楽園ではない。通信を試みるよりもほかにやることがあるにちがいない。

それはさほど重要なことではない。アインシュタイン＝ローゼン橋によって結びついているブラックホールの輸送ネットワークを介して故郷銀河への道を見つけるという展望そのものが、責任者たちにはとても魅惑的で、たとえローダンから壁の突破成功の公式通知がとどいていたとしても、計画を実行しただろう。可能なかぎりの方法でクロノパルス壁に穴をあけることこそ、かれらが念頭においていた本当の目的なのだ。

《カシオペア》で唯一の非テラナー、ティリィ・チュンズは事態をそう判断している。格納庫任務につき、搭載艇のすぐ上にあるセキュリティ・キャビンにすわり、気づいたことがあると早口で論評する。

「ハロルド、保安ハッチはたしかに船体強度にさらなる安定性をあたえるが、いざというときにはじゃまになるぞ」チュンズはヘルメット・テレカムを介してさえずるようにいった。ブルー族のかれは、よく動く目で、格納庫チーフが反重力プレートに乗って格納庫内の全チェックポイントを点検するようすを見守っている。スペース＝ジェットと小型の車輛はしっかり固定されていなければならないが、《カシオペア》から急いで撤退しなければならない場合に妨げになってはいけない。

「わかってるさ、ティリィ」格納庫チーフ兼搭載艇艇長のハロルド・ナイマンが答える。「だがそれは変えられない。忘れるな、われわれは戦いにおもむくわけじゃない。自然の力そのものに立ち向かうんだ。ブラックホールを通りぬけるなんて、いまだに運命への挑戦だ」

「さいわいにも制御ステーションがある」

「問題なのは、そいつがいつ存在するか、だろ？　すぐに点検を終えてそっちのキャビンに行くから待ってろ。そうすれば話しあう時間は充分ある。どのみちわれわれは、それを乗りきるまではひまなんだ」

「あるいはわれわれが必要とされるまで……」チュンズはいいかけたが、もっといい表現を考えて超音波領域で文を完成させた。これは人類の耳には聞こえない。

ティリィ・チュンズには本来の任務はなかった。かれの職業はヴィーロ宙航士でありながら詩人であって、《カシオペア》ではなんでも屋のような存在だった。たいていは司令室でぶらぶらし、ときどき格納庫に足をのばし、とんでもない時間に船内食堂にあらわれる。食堂では食べ物がすくないと文句をいい、給仕サーボをつかまえて、どうしたら料理をおいしくできるかを延々としゃべる。

以前、ある乗員がそのことでかれに一回しかけたことがある。一体のロボットが会話中に突然軽蔑的な発言をし、粥《かゆ》の入った皿をつかんでかれの頭にかぶせたのだ。もちろん、ロボットが自発的にしたことではない。だれかがそうプログラミングしたのだ。犯人はわかっていない。

格納庫チーフが反重力プレートを固定してセキュリティ・キャビンに入ってくるまで、チュンズは黙って待っていた。

「ティフラーはなにを考えている？」すぐさまチーフにたずねる。「イホ・トロトから得た情報はどんなものなんだ」

ハロルド・ナイマンはティリィの前にある端末を指さした。

「すべてのデータを呼びだせる。使えばいい。きみがすべての情報を入手してないのはわたしのせいじゃない！」

チュンズがなにかいおうとした瞬間、格納庫への視界を確保していた窓ガラスが暗くなった。内側に黄色い明かりがともり、グンドゥラ・ジャマルの顔があらわれた。

「まだセランを着用していない者がいれば、あとからこの手で頭をひきちぎってやる」

船長は恐い顔でスクリーンから見おろしている。「それで？　いたら報告しなさい！」

報告する者はおらず、数秒後に船長は顔をほころばせた。

「みなが信頼できることはわかっていた。全員、用意はいいか。すべての機能はシントロニクス結合体に引きつがれる！」

顔がぼやけて、窓ガラスは透明にもどった。ハロルドはティリィの隣りのシートにすわると、手もとの監視システムの上に身をかがめた。

「こちらは《カシオペア》の制御シントロニクス。やさしい船長から、みなさんによろしくとのことです」音響フィールドから歌うような声が聞こえる。「注意してください。すべてのセランに通達。ヘルメットを閉じるよう指示します！」

笛のようなちいさな音とともに、襟もとでヘルメットがひろがり、セラン着用者の頭にかぶさった。

「カウントダウン開始時刻まであと十二秒！」シントロニクスが一秒まで数える。「カウントダウンが開始しました。われわれはメタグラヴ航行中です！」

ジュリアン・ティフラーは、司令室内を見まわした。イルミナ・コチストワが細胞活性装置を装着しているのを見て安堵する。なにかの実験のためにふたたびそれをはずすということはしていない。イルミナの近くにはニア・セレグリスがいて、ななめうしろからイルミナを観察している。なにを考えているのか、表情からは読みとれない。ティフラーもたずねる気はなかった。ほかの乗員たちに目をやると、それぞれ任務についている。それから、ティフラーはパノラマスクリーンに張りついた。

＊

しばしのメタグラヴ航行のあいだに、ならんで飛行する三隻の船はシラグサの研究ステーションの残骸をはなれ、ブラックホールへの仮想の距離限界に近づいた。二百万キロメートル。最後の測定がおこなわれる。各船は速度を調整して、すでに強力に作用している引力に適応する。

まだ遅くはない。まだ引きかえせる。膨大なエネルギーを使えば、ブラックホールにつかまるのをまぬがれることができるだろう。だが、だれもそれを望んでいない。

ジュリアン・ティフラーは頭のなかで、ブラック・スターロードについてわかっていることすべてを吟味する。大部分はイホ・トロトから伝えられたものだ。トロトはブラック・スターロードを使ってM－87から局部銀河群までの距離を通りぬけたのだ。かれはシラグサ・ブラックホールから出てきた。猛烈な速さで事態が進行するなか、《ハルタ》の測定装置が識別できたものは多くなかったが、いくつかのデータを捕捉した。それがいま、この三隻に使用されている。

第一に、コード化されたふたつのパルスシーケンス。M‐87のブラックホール内にいたときとポイント・シラグサに到着したときに《ハルタ》が捕捉したものだ。ひとつめは、ブラック・スターロードへの放出コード、ふたつめは、《ハルタ》が事象の地平線をこえて通常宇宙に移送されるときに使われた放出コードだ。《ハルタ》のコンピュータ、タラヴァトスには、コードを解読することはできなかったが、それは副次的な役割をはたすにすぎない。パルスシーケンスの意味はわかっているし、それは三隻すべてに記憶されていて、適切なタイミングで放出されるだろう。

第二に、《ハルタ》はシラグサ・ブラックホールにあったステーションのおぼろげな画像をもたらした。形状と大きさはパウラ・ブラックホールのステーションと似ていたが、それがふたつあって、たがいに交差してX字形をなしている点で異なっていた。

生物学的年齢が三十五歳で若々しく見えるテラナーの顔には、毅然とした表情が浮かんでいる。引きかえすことはこれっぽっちも考えていなかった。

かれは知りたかった。たんに故郷銀河への道を見つけたり、ブラック・スターロードの機能体系を発見するだけでなく、同じくブラックホールに消えた《ナルガ・サント》の五分の四を追跡するつもりだった。そしてまた、事象の地平線の向こうへ飛行したあと二度と帰還しなかったイル・シラグサの行方も。

カンタロのステーションはどうなのか？　ティフラーは自問する。

われわれの想像どおりに、インパルスに反応するだろうか？　あるいは、事象の地平線の向こうでは亡霊船の船団が待ちかまえているだろうか？

三隻は完全戦闘態勢にあった。いまではイルミナもシートにつき、セランのヘルメットを閉めている。全員の顔に緊張が浮かんでいた。

ブラックホールの内部は危険な領域だ。中央部はひとつの特異点からなる。シラグサの場合、それはソルの六十七倍の質量を持つ恒星が体積ゼロにまで収縮した物質だ。特異点に由来する重力は、四次元空間をひとつの球形に縮めるほど強い。ある意味、ブラックホールは自分の周囲に独自の微小宇宙を形成しているといえる。重力は、ブラックホールがほかの宇宙にみずからの存在を知らせる唯一の目印なのだ。物質と電磁放射は、事象の地平線を貫通すると永久に失われる。それらは重力の呪縛に囚《とら》われたままになるからだ。

ベカッスの星域で永遠の船が経験したように、事象の地平線をこえて、微小宇宙のなかで移動することは可能だ。それどころか、カンタロはブラックホールから出るためのメカニズムを持っている。かれらには、ブラックホールのハイパー構造を利用して目的地までの道をつくる知識がある。

ティフラーは憑《つ》かれたようにスクリーンを見つめる。手のとどかない故郷銀河の光輝くカーテンの前に真っ黒な虚無がうつしだされている。かれらはあえてこの飛行方向を選択したのだし、うまくいくことを願っている。

ふと思いついて、ティフラーは通信装置をオンにし、ほかの二隻の船長に話をもちかけた。

「直前だがプログラムを変更する」と、ティフラー。「並行してブラックホールに進入するのではなく、相前後して進入する。念のためにそれぞれ十万キロメートルの間隔をとる。承認をもとめたい」

グンドゥラ・ジャマルとヘイダ・ミンストラルからの承認がとどくと、《ペルセウス》のシントロニクス結合体は新しいプログラムを処理し、両方の船に転送した。

「急に考えを変えたのはなぜなの？」ニア・セレグリスがたずねる。ティフラーはおだやかにほほえんだ。

「不意打ちへの予防策さ。事象の地平線をこえたら、だれかがわれわれを待っているような、ばかげた予感がしてね」

ティフラーはふたたび通信装置に向かった。

「注意してくれ、グンディ。《バルバロッサ》をまんなかにする。唯一、マキシム＝探知システムをそなえていない船だから！」

「もちろん承知してます」応答が聞こえる。「見えませんか？」

実際、女船長はすでに《カシオペア》を後方にさげさせていた。そのために必要なエネルギーは惑星スタートの百倍を上まわる。《ペルセウス》はその逆に、ブラックホールに向かって前に飛びだした。

「そのほかの行動はすべて同じだ」ティフラーはつけくわえた。「各船が事象の地平線をこえたらただちに、第一のパルスシーケンスを放出する。ステーションが確認可能なら、できるかぎりその方向に向けて」

球型船のシントロニクス結合体が通知する。

「われわれはあと十四分で事象の地平線に到達します。カウントダウンの最終段階は絶えず再計算されます。より正確には、一次エネルギーシステムの抑制まで十一分です！」

それがなにを意味するかは、かれらもわかっていた。事象の地平線に到達する直前に、シントロニクスが、使用可能なすべてのエネルギーを自動的にパラトロン・システムおよびほかの防御フィールドに移行させるのだ。

ブラックホールの強力な引力のおかげで、なにもしなくても、船は光速近くまで加速する。

そのぶんのエネルギーは、こうしたブラックホールではとっておける。
それを利用するとは、すばらしい考えだ。

2

ナジャ・ヘマタはシートにすわり、セランにつつまれた指でぎこちなく肘かけをたたいた。目を細めて探知機と端末装置のそのほかの表示を見つめる。時空ダイアグラムからは、ブラックホールに関する驚くような情報は得られなかった。ポイント・シラグサの事象の地平線は光子測定装置で正確に特定できる。四次元空間は、光子が地平線の向こうで消えて二度とあらわれないほど強く、重力によってゆがめられている。この不帰のラインから、特異点と同一視されるブラックホールの数学的な中心点までの距離は、全方位に向けて百九十八キロメートル。銀河間空間を計器飛行して事象の地平線に出くわすには、かなりの幸運が必要だろう。

そこに非常に強力な重力がなければの話だが。

最後尾でブラックホールに近づいているのに、重力は力ずくで船を引っぱっている。それは上昇しつづける加速度表示と、加速圧吸収装置のエネルギー需要量の増大からわかる。事象の地平線の鋭角の断面がどこにあるかを、ホログラム映像が簡略化してしめしている。そこでは電磁放射も完全に消失する。

「非現実的だわ」《カシオペア》の通信士兼探知係は吐きだすようにいった。理論上は正確に知っている現象だが、いまはじめて、みずから体験しているのだ。

あの曲線の向こうではすべてが消える、アインシュタインの定義した空間がいきなりとぎれるかのように。そうではないことは、ナジャも知っているが。

「集中なさい」船長のきびしい声が響く。「これから経験することはすべて、まぎれもない現実よ。船内システムの表示は無視するように。そこからはなにも得られないわ」

居あわせた乗員たちは、幅広い峡谷にわたされたロープの上を平衡をとりながら進むかのような感覚に襲われた。

下も上も見てはならない。峡谷の反対側の一点をつねに見つめていなければならない。それには強い空想力が必要だった。反対側はブラックホールの事象の地平線の向こうにあるのだから。

ナジャ・ヘマタは、地平線の向こうのエネルギー活動をしめす計器の目盛りを見つめた。ブラックホールはとほうもない回転エネルギーを有している。それはブラックホールの発生に起因する。物質が特有の角速度で回転して、収縮してブラックホールになるか、既存のホールと一体化すると、物質は恒常的に加速しながら内向きにらせん軌道を移動し、ブラックホールを回転させる。天体物理学では旋回効果と呼ばれている。

一定の質量のブラックホールは、つねに最大限の速度で回転する。内裂する、あるいは降着する物質の回転があまりに速いと、遠心力が内方へ向かう重力に対抗し、物質がブラックホールに落ちこんでその角運動量を増大させるのを妨げる。

そこに、三隻の船のチャンスがある。ナジャは磁場の表示を目で探す。見つけたが、表情を曇らせた。

ポイント・シラグサは空虚空間にあり、周辺物質がないために降着円盤が形成されていない。したがって、既存の磁場を探すのはほとんど無益だった。

いまや、すべてはバリア層の出力にかかっている。

「地平線まであと四分です」シントロニクスが報告する。「注意してください。五十秒後のピー音で一次エネルギーシステムの抑制を指示します！」

「まったくいまいましい！」船長が吐きだす。「ティフ、見えてます？　磁場放射がほとんどない領域にまっすぐ突入しますよ」

「見えてるよ、グンディ」ジュリアン・ティフラーの声がわずかにひずみを帯びる。すこしすると、画像接続にも障害が出はじめた。重力の集積が交信を阻害する。「変更はできない。すべて申しあわせたとおりだ。忘れるな、最初の信号実験がうまくいかなかったら……」

いきなり画像と音が消えた。《カシオペア》司令室の加速圧が三Ｇに上昇し、十秒後によようやくコントロールをとりもどした。シントロニクス結合体が対応して、一次システムのエネルギーを抑制したのだ。同時に、損失を補うため、緊急セクターからのエネルギー供給を開始した。

「あと一分です」と、シントロニクス。船内のクロノメーターによればすくなくともまだ三分あるのだが。

グンドゥラ・ジャマルは加速度表示から目がはなせなくなった。加速度はますます上昇し、うつしだされた発光数字が目まぐるしい速さで変わっていく。

副長の声で彼女は探知画像に注意を向けた。

《ペルセウス》は事象の地平線の直前にいた。《カシオペア》から見ると、まるで球型船が巨人のこぶしにつかまれて、減速させられているような光景だ。船が膨張し、軌道から引きはなされているように見える。ざわめきが起こった。

「しずかに！」グンドゥラ・ジャマルが叫んだ。〝鉄のグンディ〟との異名はいわれなきものではない。「錯覚よ」

《ペルセウス》はらせん軌道上にあるらしく、それは錯覚ではない。ブラックホールの回転に同期して周回しはじめる。

「砲手、準備はいい？」船長がたずねる。ガリバー・スモッグが準備完了を確認する。

「よろしい。気をつけなさい、ガリバー。シントロニクスはあなたが見ているものすべてを認識するわけではない。あるいは違う解釈をするかもしれない。われわれにミスは許されない。こら、ほかの者たちも、ぼやぼやするな。なにかしたければ、バリア・システムに反応するまともな磁場があることを祈りなさい。シントロニクス、値《あたい》はどうなってる？」

「モジュレーションが進行しています。適合は百パーセント。エネルギー消費はわずかです」

「よし。すくなくとも最悪ではない」

ジャマルはふたたび《ペルセウス》の探知画像を見つめる。時間伸長のせいで、ティフラーの船から見ればすべて違って見えることはわかっている。あちらでは、《カシオペア》がロケットのように光速近くまで加速しているように感じるだろう。実際には、計器は八十パーセントのマークを超えていないのだが。事象の地平線のすぐそばから見れば、《ペルセウス》はそこを通りすぎるあいだ、ごくわずかな厚みにまで収縮しているはずだ。

鉄のグンディが音を立てて息を吐きだした。《ペルセウス》がいきなり消えたのだ。船は地平線をこえ、観測する手だてはなくなった。

《バルバロッサ》との通信も途絶えた。だが、フェニックスの自由商人の船は《ペルセウス》の航跡をたどっている。すぐに、人間の目でわかるほど伸長効果の影響を受けはじめた。

「磁場の値いが上昇しています！」ナジャ・ヘマタが叫ぶ。「百パーセント、二百パーセント！」

「よし」グンドゥラも叫びかえす。「きわめて良好だ。シントロニクス？」

「モジュレーションは完全です。すべて順調です、船長」自動装置が応答する。

パーセンテージはかならずしも現実と一致していなくてよい。ブラックホール直近のこの領域では、多くの計測装置が、能力の限界を超えている。それらは近似値を提供するか、人間に理解できる体系のなかで測定値を読みとるにすぎない。

船内の乗員たちは、相対性の現象がおよぼす作用をいっそう感じるようになった。時間の感覚は、もはやクロノメーターの秒針と一致しない。司令室にある唯一の機械式クロノメーターの秒針が、引きずるようにゆっくりと進む。まるで時間が凍りついたかのようだ。

「あと三十秒です！」シントロニクスが報告する。「システムはすべて問題なく作動し、磁場も安定しています」

この磁場はかれらにとって幸運だった。ブラックホールの地平線を蛇行する磁場は、ブラックホールの回転エネルギーを拝借することができる。三隻の船にとっては、可能なかぎり磁場と同化するように、エネルギー・バリアの磁場成分を調整して利用することが重要だ。そうすれば自動的に回転速度への最適な同化が生じる。磁場のフィードバック制御を利用すれば、磁場にある船が地平線をこえたあと、まっすぐブラックホールの重力の渦に引きこまれることは阻止される。

ソル質量の六十七倍のブラックホールではこの方法が通用する。ソルの一億倍の質量を有するブラックホールでは、まだだれも方法を見つけていない。

《バルバロッサ》はとっくに消え、三隻のうち最後の船が地平線の直前にいる。最後の計測装置が停止した。言語に絶するエネルギーが防御バリア層を引っぱる。妨害レベルが果てしなく上昇する。だれも、もうなにもできない。どうすることもできずに、船は自然の力にゆだねられた。

あとは祈るしかない。

「あと何秒だ?」ランドルフ・ラモンがささやいた。

「すこしお待ちください」シントロニクスが応答する。「注意してください。加速度がいっきに上昇します。十秒後にわれわれの質量は急激に増大しはじめます!」

落下まであと十秒、あるいは十一秒。

船体を衝撃がはしった。波がしらを横向きに跳びこえたかのようだ。

いくつもの衝撃が球型船を揺さぶる。乗員の目の前には色とりどりの輪が舞いはじめた。方向感覚が失われ、自分がどこにいるのか、もうだれにもわからなかった。

ふたたび、時間が果てしなく引きのばされるように感じる。

そして、突然しずかになった。《カシオペア》の船体はもう振動せず、明滅する光も消えた。ほとんど気づいていなかった甲高《かんだか》いブザー音が鳴りやんだ。船は、ブラックホール内のどこかをしずかに飛んでいて、光学伝送システムが、船外の均一で輪郭のはっきりしない光をしめしていた。

「ふう!」ノーマン・スペックの声がした。ガリバー・スモッグは食い入るようにマキシム゠探知システムの伝送画像を見つめている。エコーは聞こえず、ほかの二隻が近くにいるだけ。

切りぬけたのだ。かれらは事象の地平線をこえ、ブラックホールの微小宇宙のなかにいる。

「注意してください。ステーションを探知しました」シントロニクスが報告する。

「第一のパルスシーケンスを放出!」グンドゥラ・ジャマルが命じる。

「パルスシーケンス放出しました!」

ここでも、待っているひまはほとんどなかった。やってきたのが正当な者なのか侵入者なのかをカンタロのステーションが考えはじめる前に、進みつづけたい。

なにも起こらない。船内時間で三十秒後に、シントロニクスは二回めのパルスシーケンス放出をおこなったが、こんどもなにも起こらない。ステーションは反応していない。

「ということは、やつらはもう……」いいかけたグンドゥラをランドルフがさえぎった。
「その反対です。気をつけなければ、すぐに天使の歌声を聞くはめになります！」

＊

ブラックホール内の光は等方性の構造をもつ。特定可能な光源からくるものではなく、微小宇宙を均一な光強度で満たしている。人間の目はこのような光の挙動に慣れていないため、さまざまなカラーフィルターをかけても、空間認識がきわめてむずかしい。スクリーンに目をやっても、明るい平面にやや暗いふたつの点があるようにしか見えない。この点が十万キロメートルと二十万キロメートルはなれたところにいる二隻の船だという知識があってはじめて、そう認識できる。事象の地平線の向こう側、直径三百九十六キロメートルの微小宇宙において、船同士の間隔は変化していない。またもや、アインシュタインの相対性理論のたしかさがしめされた。

四百万キロメートルはなれたところで、X字形のカンタロのステーションは特異点をまわる安定した軌道にある。それにくらべ、完全には信頼できない三隻の船の探知結果から確認できるのは、三隻の飛行軌道の安定性がまだ不十分だということ。

その原因は、事象の地平線の下方にあって、上方とは異なる挙動をしている磁場にある。それらはブラックホールの重力と同期して回転しており、ひとつのエネルギーのまとまりを形成している。そのなかでは、いくら同化を試みても船は異物の状態だ。制御メカニズムが完全には作動していないせいで、このずれが助長されている。ここですぐに改善するには、ブラックホールの詳細についての知識も過去の時代の人間の技術もあまりにお粗末だった。

パルスシーケンスに対するステーションからの反応はいまだにない。さすがのグンドゥラ・ジャマルもいらだってきて、シートのなかでおちつきなくからだを動かした。安全ベルトがなければ飛びあがっていただろう。

「どうなっているんです、ティフ?」彼女が叫んだ。微小宇宙では通信は問題なくつながり、ジュリアンはすぐに応答した。かれの顔がモニターにうつる。

「わからない、グンドゥラ」テラナーがいった。「それを探りだす時間があるかどうかも。これがうまくいかないとなると、ステーションに接近して侵入するしかない。ステーションがすぐに自爆しないように構成されている見こみはまだある」

「なんとうれしいことで」ノーマン・スペックが発言した。「むしろ三回めをためしてみましょう!」

しかし、今回もステーションは反応しなかった。ステーションは特異点を周回する軌道を描いている。それは、乳白色の明るさのなかでほとんど知覚できないほどの光点にしか見えない。その光点も、そこにあるとわかっているから認識できるだけだ。

そのかわりに、三隻の船で同時にアラームが鳴り響いた。磁場のバランスが崩壊しつつあったが、それに対抗する手だてはなかった。すぐに、船のエネルギー備蓄量によって設定された限界値に達し、モジュレーションも周波数の調整も、役にたたなくなった。不安定性が増大し、三隻は軌道から引きはなされる。回転する磁場の遠心力を重力が上まわったのだ。回転エネルギーを利用することも切りはなすこともできなかった。船はちいさなボールのように前方に引っぱられ、回転する重力の低位置の軌道に引きよせられる。アラームが音量をあげても、シントロニクスが全船室に危急時の行動措置を知らせても、なんの役にもたたない。

《カシオペア》の格納庫から、ハロルド・ナイマンが発言した。

「ジェットのスタート準備をしますが、いいですか？　ためしてみましょう。ジェットは比較的質量がすくないぶん、より長く、より高い軌道を維持できます！」

グンドゥラ・ジャマルはうなずいたが、すぐにはげしく首を振った。

「それも無意味よ、わかるでしょ？　あなたには、唯一、運命が生きのこりの道をしめした。一年前、ハミラーから船長に指名されたのだから、あとにのこって《バジス》の面倒を見ればよかったのに。いまや、われわれ全員と同じ境遇だ」

ハロルド・ナイマンは冷ややかに船長を見つめた。

「そのことについては、いずれまた話しあう機会があるでしょう」ナイマンは歯がみするようにいってスイッチを切った。

ついに、重力が三隻の宇宙船をめぐる戦いに勝利した。こんどは、事象の地平線もそのうしろでかれらを待つべつの状況もない。虚無のなかに引きこまれ、重力の集積とみずからの回転のなかで引き裂かれて宇宙の塵《ちり》となるのだ。船体の質量同一性がしだいに失われ、無限に向かってかたむきはじめた。

だれかがヒステリックな笑い声をあげた。グンドゥラ・ジャマルはこうべをめぐらせ、船医を見つめた。ピーター・セント・ジェームズが入ってきたところだった。かれはセランのヘルメットを開き、それが自動的に閉まらないように、金属片を襟に押しこんでいた。

「ヘルメットをもどしなさい！」船長がどなりつけた。「船内法廷に召喚するわよ！」

「もうそんな機会はありませんよ」小太りの医師は鼻声でいった。居あわせたロボットのうちの一体が大股でかれに近づくと、エネルギー・フィールドでつつんだ。ロボットは手足をばたつかせる人物を本来所属する場所に運んでいった。

「だめだ」ジュリアン・ティフラーのあえぐような声が音響フィールドから聞こえる。「なにかおかしい。あるいは、前提がまちがっていたのか。このパルスシーケンスではここから出られない。いざというときのために話し合った方法をためそう！」

だれも身動きせず、言葉を発しなかった。全員が、突如《カシオペア》船体にひろがったかすかなきしみに聞き耳を立てていた。シントロニクスがエネルギー消費をさらに絞り、防御バリアを増強する。それがかれらにできる唯一の措置だった。

「《ペルセウス》は開始する」ティフラーの声が告げた。グンドゥラがなにかつぶやく。

「幸運を祈る！」と、いったようだった。

《ペルセウス》は第二のパルスシーケンスをステーションに向けて放出した。今回も捕捉インパルスが発生しなければ、テラナーたちの運命は決まってしまう。

なにかが起こった。グンドゥラ・ジャマルが最初に気づいた。《ペルセウス》がこれまでのらせん軌道をはなれた。船は直角に向きを変え、物理学的にはありえない方向転換をした。船体がわずかにねじれたが、その印象は次の瞬間には消え、船は等方性の光と溶けあった。ふたたび姿をあらわしたときには、《バルバロッサ》の側方、せいぜい七万キロメートルのところにいた。

「ヘイダ、《ペルセウス》はどんなようす？」グンドゥラは急いでいった。

《バルバロッサ》の女船長は画像接続を断念して答えた。

「変わらず十万キロメートル前方を飛んでいる」

グンドゥラは見たことを報告した。そして、自由商人の船から見ると、《カシオペア》が進路をはずれて、ステーションの方向に移動していると聞かされるはめになった。すこしして、球型船の視覚画像が分裂し、いきなり二隻になった。

「われわれは、因果律がもはや完全には機能しない領域に突入している」鉄のグンディがいった。「ティフ、そちらはどうなってます？」

ティフラーからの応答はない。かわりにナジャ・ヘマタが両手を高くあげた。

「ステーションでエネルギーの振れを計測しました。定義できない力が、重力の渦をかきわけて《ペルセウス》を捕らえようとしています！」

それから起こったことは、《カシオペア》の乗員には正確には理解できなかった。ティフラーの声が聞こえはじめたが、画像表示は消えたままだ。

「きのうは比較的天気がよかった」そう聞こえた。それから声は不明瞭になり、聞こえなくなった。

《カシオペア》から見て《ペルセウス》のいる位置で、目のくらむような閃光がはしった。目がふたたび均一の光に慣れたときには、《ペルセウス》はどこにも見えず、探知もできなくなった。

すこしして、《バルバロッサ》が消えた。閃光やエネルギーの放出はなかった。未知のエネルギー・フィールドだけが計測された。グンドゥラはすぐに勢いをとりもどした。

「機能してる」大声で叫んだ。「第二のパルスシーケンスを放出！」

ふたたびカンタロのステーションが反応した。なにもないところから、船の周囲にフィールドが形成され、船を重力の渦の暴威から遠ざけた。突如として船体のうなりやきしみが消え、《カシオペア》はしずかにステーションに向かっていた。視覚的印象はなにも変わっていない。

突然、特異点のちいさな光点が、巨大な目のようにスクリーンにあらわれた。自動フィルターを通しても目をくらませる。スピーカーから甲高い音が聞こえ、同時にスクリーンの外部画像が変化した。探知装置がステーションの消失を報告するのと同時に、超自然的な構造物があらわれた。それは人間の時間感覚にしてせいぜい〇・五秒ほどで、ふたたび消えた。

それからはなにも変わらなかった。等方性の明るさはそのままで、ほかの二隻も消えたまま。

最初におちつきをとりもどしたのは船長だ。彼女は防御スーツの手袋を指の骨が痛むほど握りしめた。

「しっかりしろ！」彼女がつぶやいた。

乗員たちが唯一確認できたのは、容赦なくかれらをさいなんでいた重力の渦がないことだった。

だれもが、グンドゥラのいわんとすることを理解した。

なぜか、それは明白だった。かんたんにいえば、かれらはコンタクトを失ったのだ。

《カシオペア》の場合は、ほかの二隻と同じようにはいかなかったということだ。二隻のほうでもそれぞれ違った現象が起きていたのだが。

それが《カシオペア》にとって有利なことかどうか、だれにもわからなかった。

居あわせた乗員の顔からグンドゥラが読みとれるのはただひとつの疑問だけ。《ペルセウス》と《バルバロッサ》はどうなったのか？

＊

「確認できるかぎりでは、船内に問題はありません」フェルマー・ロイドが報告した。左外側にすわっているかれに、ジュリアン・ティフラーは感謝のまなざしを向けた。すくなくとも朗報だ。

ひと目見たところではなにも変わっていなかった。かれらは均一な光のなかを飛行し、外では重力が船を引っぱっている。正確な位置特定ができないと、《ペルセウス》の速度も測定困難だった。

「シントロニクス、状況評価はどうなってる？」ティフラーが小声でいった。

「できています」人工的に変調した声が応答する。「われわれは事象の地平線の下方五十万キロメートルのところにいます。微小宇宙の見かけの直径はポイント・シラグサよりすくなくとも四光秒大きいです」

ティフラーはヘルメット・シールドごしにうなずいた。まさにそれが知りたかった。

かれらはシラグサ・ブラックホールではなく、べつのブラックホールの事象の地平線の下にいる。

「すくなくともどう思う？」かれがたずねた。

「正確に計測することはできません。基準点がありません。事象の地平線の下では探知ビームを使った計測の誤差率は五十パーセント以上です。ビームが曲がり、わずかな例外をのぞいて船の現在地までもどってきません！」

「ほかの二隻とつないでくれ！」

「残念です、ティフ。かれらはここにいません！」

「本当か？」

シントロニクスが確認する。《バルバロッサ》と《カシオペア》は〝この〟ブラックホールの事象の地平線の下にはいない。

テラナーは唇をきつく引きむすんだ。つまり、期待したようには機能しなかったのだ。多くの可能性が考えられる。前後に大きな間隔をとって飛行していたからかもしれないし、すくなくとも《バルバロッサ》は違うタイプの船だったせいかもしれない。あるいはステーションが意図的に、それぞれの船を違う目的地に移送した可能性もある。

「かれらもばかではないでしょう」ニア・セレグリスが歯がみするようにいう。「こちらでは、これからなにが？」

これまでのところ、事象の地平線の下にステーションは探知されていない。それがなにを意味するか、しだいにわかってきた。このブラックホールの地平線の下にステーションがなければ、進退きわまれりだ。自力で地平線をこえることはできないのだから。

「われわれは安定した飛行軌道にいます」シントロニクス結合体が報告する。「軌道は特異点からはなれて事象の地平線に向かっています。重力の渦は探知できません」

ティフラーは安全ベルトをはずして立ちあがり、プロフォス人のほうを向いた。ヴァンダ・タグリアは探知チーフをつとめている。

「まったくなにも?」ティフラーが疑わしげにたずねる。「つまり、この状況の原因を見つけだす可能性くらいありそうなものだが?」

「まったくわかりません、ティフ」彼女が答える。「船の周囲に未知のフィールドすらありません」

ティフラーはふたたびスクリーンのほうを向くと、等方性の光のベールを見つめた。それは目を惑わし、船が光速の半分の速度で明るい壁に向かって驀進《ばくしん》しているように思わせる。この環境は人間には不快だ。そろそろ変化してほしかった。

船内時間で十分後に、シントロニクスが飛行軌道のわずかな変化を報告した。肉眼では識別できないふたつの光が発見された。それらは位置確認の助けとなる。ふたつの点が相対的に静止しているとすれば、軌道のずれはx座標で三と三分の一度、y座標で一と三分の一度だ。

船のエンジンは相《あ》いかわらずオフのままだ。利用可能なすべてのエネルギーがバリア・プロジェクターに供給されている。

にもかかわらず、船は前進し、ブラックホールの重力や回転エネルギーの影響を感じることなく方向を変更している。

その説明はただひとつ。かれらをどこかへ運ぼうとする牽引ビームに捕捉されているのだ。この牽引ビームは確認できるにちがいない。

「シントロニクス、バリア用エネルギーを五十パーセント低下させろ」と、《ペルセウス》指揮官がいう。「バリアは必要ない。あるいは妨害になるかもしれない」

シントロニクスが要請にしたがい、同時にアラームを発した。バリアエネルギーを低下させると、《ペルセウス》の周囲をおおう弱いフィールドが識別された。この宇宙船をある目的地へといざなう牽引フィールドだ。

すこしすると、その目的地が均一な光の面からあらわれた。これでようやく、乗員たちは立体的にものを見られるようになった。

八万キロメートル前方にひとつの天体があらわれた。直径千七百八十五キロメートル、ルナの直径の半分ほどのむき出しの天体。恒星を有さず、塵粒子からなる幅広のリングにかこまれている。リングの輝きが等方性の光を目立たなくしていた。

牽引フィールドは《ペルセウス》をこの小惑星の方向に引っぱっている。

「ブラックホールの制御ステーションにちがいない」ラス・ツバイが断言する。「だが、なぜ自然の天体なのか？」

この段階でその問いに答えることはできなかった。ただ、ひとつだけはたしかだ。探知はある程度正しかったのだ。かれらがいるのはポイント・シラグサではない。ひそかに期待していた故郷銀河のペルセウス・ブラックホールでもない。そこにあるのはちいさな無人のステーション、塵リングを有する天体だけだ。

「トロトのパルスシーケンスは役にたたないわ」イルミナ・コチストワが断言する。

「最初は捕捉インパルスが機能せず、あやうく特異点に墜落するところだった。第二のパルスシーケンスはわれわれをどこかもわからない場所に移動させた。ほかの二隻がどうなったか、わかるものですか」

「それについては情報があります」シントロニクスが報告した。「発見したふたつの明るい点は《バルバロッサ》と《カシオペア》です。同様に牽引ビームに捕捉されて、こちらに近づいてきます」

司令室に安堵のため息がひろがった。かれらも乗りこえたのだ。長時間姿をあらわさなかったのは、重力の渦内の物理的な異常状態に関連していた。

しばらくすると、画像接続が成立した。グンドゥラ・ジャマルとヘイダ・ミンストラルがティフラーを見おろしている。

「まあ、ティフ！」鉄のグンディが叫んだ。「またも幸運に恵まれましたね。あやうくあなたがたを見つけられないところでしたよ。われわれがいなくて、ぽかんとしていたことでしょう！」

「グンドゥラは他人《ひと》ごとだから笑っていられる。わたしの卓越した探知技術のおかげでここまでこられたのに。ところで、われわれはどこにいるのです？」ヘイダがつけくわえた。

ティフラーはヘルメットを開けて、女テラナーと女テフローダーに目くばせした。

「信じないだろうが、われわれは虚無に漂着した。ブラック・スターゲートはわれわれを荒野のまんなかに吐きだしたのさ。未知のブラックホールだ。もう気づいているだろうが、牽引ビームに運ばれている」

ふたりは機械的にうなずいた。

「待つしかない」ティフラーがつづけた。「目的地を充分に探知できるようになるまで、そう時間はかからない。そうなれば、どう行動すべきかがわかる。さしあたり、未知の歓待者が敵意と解釈するようなことはなにもするな」

「了解」

画像接続をつないだままにして、数分が過ぎた。三隻の乗員は無言で、なにかが起こるのを待った。

＊

小惑星の塵のリングは高い光度をもつだけでなく、そのなかでは、物質・反物質原理にもとづく燃焼プロセスが生じていた。プロセスは制御されており、小惑星の管理者の技術水準をテラナーと自由商人たちに印象づけた。太く束ねられたエネルギー・チューブがリングから天体の表面までのびていて、塵のリングがブラックホール・ステーションのエネルギータンクになっていることをしめしている。

「わからない」フェルマー・ロイドが発言した。「多くの人と同じく、これは、われわれが見慣れたカンタロのステーションではないと考えていますが」

かれは〝見慣れた〟を妙に強調した。ジュリアン・ティフラーが額にしわをよせた。

「なにがいいたい、フェルマー？」

テレパスは深く息を吸った。

「つまり、故郷銀河あるいは局部銀河群のブラックホールのカンタロのステーションは本来十字形だと思っていたのです。すくなくとも人工的なものだと！」

「あわてるな！」ティフが注意した。「あれのなにが人工的でなにが自然かはわからない。だが、根本においてはきみのいうとおりだ。われわれは非常に独特なブラックホールにいる」

この時点では、それ以上のことはあえていわなかった。探知装置が振れ、そちらに注意を向けた。

小惑星の方向から通信インパルスが船に当たっている。それは、カンタロの語法とは関連のない未知の言語からなっていた。通信文が絶えずくりかえされ、シントロニクスのトランスレーターに入力される。

とくに目立つ言葉があった。ひとつのシーケンスのなかで何度もくりかえされている。それは、〝スフェルダイスタ〟あるいは〝スヴェルダイスタ〟のように聞こえた。

ティフラーは問いかけるように探知チーフを見たが、ヴァンダ・タグリアは肩をすくめるだけだった。

「失礼があってはいけないわ、ティフ」ニア・セレグリスが注意をうながし、おだやかにほほえみかけた。「応答しましょう」

テラナーはうなずくと、口もとにマイクロフォン・フィールドを構築するようシントロニクスに指示した。

「こちらはテラの船《ペルセウス》インターコスモで語りかける。「われわれは三隻の船団だ。ブラックホールのポイント・シラグサからやってきた。もし……」通信の呼びかけが途絶えたことが探知され、ティフラーが中断する。すこしのあいだ耳を澄ましてから、文を完成させた。「……微小宇宙を立ち去る許可が得られれば、よろこばしい。われわれを事象の地平線の向こうに送る輸送信号を送信していただきたい！」

カンタロであれば、友好的な言葉に感銘を受けたりはしない。その反対だろう。しかし、自由テラナー連盟のかつての首席テラナーはなんとなく、下方にいるのはカンタロではなく、未知の種族に属する者だという気がしていた。シントロニクスがそれを証明した。

「言語は未知のものです。故郷銀河の種族にも、かつてギャラクティカーが接触したいずれの種族にも属していません」

「待とう」ティフラーが決定する。「また連絡してくるだろう」

しかし、小惑星は沈黙したままだった。牽引ビームが抗しがたい強さで船を引きよせている。船は減速しつづけ、塵のリングがすぐ間近に迫るまでに一時間が過ぎた。

かれらはどこにいるのか？　未知の種族が監視する、故郷銀河のブラックホールなのか？

その公算はきわめて大きい。

しかし、どこにいるのかは三隻の全乗員にとってそれほど気になる問題ではなかった。

もっと重要なのは、〝いつ〟の時代にいるのかを知ることだった！

3

明るい背景の前に五つの黒っぽい突起物があらわれた。それらはゆっくりと《ペルセウス》からはなれ、船の前方にのびていく。防御バリアの領域に到達すると、構造亀裂から自由空間へ送りだされた。牽引ビームの力は、船にかかっているほどには作用しない。だが、横にそれようとして目に見えない壁にぶつかり、回転しながら落下する。

数秒後に、それらは《ペルセウス》の〝陰〟から出た。船やバリア層による対抗手段がなく、ビームの力が完全に作用する領域。それらは前方に引きよせられ、急速に球型船からはなれていった。

ジュリアン・ティフラーは、五台のロボット・ゾンデを送って小惑星の領域を探索することにしたのだ。情報がほしかった。とくに、ゾンデが近づいたときに未知者がどう出るかが知りたかった。

数分後、ゾンデは光のカーテンのなかに消えた。肉眼では見えなくなったが、通信はつながっている。ゾンデは危険な塵のリングに近づき、軌道からほうりだされた。未知の力につかまれて、リングのまわりに引きよせられると、小惑星に向かってまっすぐ下に進む軌道に乗った。最初の通信画像とエネルギー測定値が到着した。

「これがそうです」ジュリアン・ティフラーの副官であるボルダー・ダーンが確認する。かつてGOIに所属していたハンザ商館生まれの男は、ふっくらした頰をなでた。顔は赤っぽく輝き、口が半開きになっている。「ティフ、あそこを無傷で通過する自信がありますか？　つまり、未知者はわれわれをあのゾンデと同じようにあつかうのでは？三方から船がリングに近づいたら、厄介なことになりませんか？」

「ボルダー！」ニア・セレグリスが四十九歳のかれに非難の目を向けた。「データが評価されるまで待てないの？」

塵のリングでの物質・反物質プロセスはとほうもないエネルギーを生成している。それはチューブ状のフィールド・プロジェクションで小惑星に導かれ、漏斗《ろうと》状の建物のなかに消えている。中継画像からすでに多くのことが見てとれる。漏斗は基地の敷地の両側に立ち、ゾンデがしめす敷地面積は二平方キロメートルだ。カンタロのステーションとくらべると大きな構築物だ。何百年もの経験から、ティフラーのような人間には、規模が大きければ大きいほど重要なステーションであるとわかる。

船内の人々がすぐにわかったことがひとつ。塵のリングからの危険はない。三隻の宇宙船がリングと衝突してエネルギー・プロセスが妨害されるようなことを、未知者はしないだろう。

　ゾンデがはなればなれになった。それぞれの進路を決めている力の値いを伝送しつづけている。ひとつの牽引ビームが五つのちいさいビームとなり、ゾンデを建物の縁に導き、そこにおろした。

「かなり不格好だな」ラス・ツバイが建物の最初の接写を評していった。数百メートル上方から撮影したそれは、塵でおおわれた小惑星表面にできた潰瘍《かいよう》のように見える。この天体には大気がまったくなく、目立った岩石もない。厚い塵の層でおおわれている。ゾンデは塵の化学組成の調査をはじめた。塵は非常に強く光を発している。

《ペルセウス》の乗員たちには塵の意味がわかった。周回するリングで進行するプロセスのための原料だ。未知者たちは塵を吹きあげるか吸いあげるかして、リングが使いはたされないようにしている。おそらく小惑星の地下に、岩石をすべて塵に変える装置があるのだ。

　ゾンデは調査を終了し、光学信号だけを送ってきていたが、すこしするとそれが途絶した。テラナーたちは顔を見あわせた。

「こうなると思っていた」ボルダー・ダーンの声が響いた。「明らかじゃないですか？かれらはゾンデを破壊した。かれらが船をぺちゃんこにしないという見こみがどれだけあると思います？」

グンドゥラ・ジャマルが《カシオペア》から発言した。ティフラーはゾンデの測定データを両方の船にも中継していた。

「ティフ、すぐにその大ほら吹きの口をふさがないなら、わたしがやります」彼女が苦情をいう。「こんなふうに部隊の規律を低下させるなど、言語道断。わたしのチームでは、かれはまったくやっていけないでしょう！」

ティフラーがにやりとした。

「グッキーを乗せてるのかい？」と、反撃する。「そもそも、きみはどう考えているんだね？」

グンドゥラは、ティフラーがまともに相手にしていないことに気づくと、なにもいわずにスクリーンから消えた。

「ボルダー！」指揮官は副官を手招きすると、シートを譲った。ボルダー・ダーンが眉をつりあげた。

「船の指揮を引きついでくれ」と、ティフラー。「わたしは、船が塵のリングに到達するまで待たない」

ボルダー・ダーンの鋭い質問にはときにいらいらさせられるが、そのぶん、ティフラーはかれに対して公正にふるまう。ボルダーのおかげで、どう行動するのが最善かを考えさせられた。船に対する未知者の出かたを待つのは、ジュリアン・ティフラーの好みではなかった。かれは通信フィールドを呼びよせると、《バルバロッサ》と《カシオペア》に話しかけた。

「各船から搭載艇をそれぞれ一機出す。充分な人員を乗せて。われわれは船の前方を飛び、近くからすべてを見てとる。未知者が船を全滅させるのを防げるかもしれない」

近づきすぎれば搭載艇が全滅させられることもありうる。ゾンデは明らかな警告かもしれなかった。

だが、かれの決断をあと押しするサプライズがあった。搭載艇を出す直前に、五台のゾンデからあらためて探知インパルスがとどいた。つまり、破壊されていなかったのだ。ボルダーの悲観的な予言は当たっていなかった。

「すぐにそちらに行くぞ」ジュリアン・ティフラーはスクリーンを見ながら、スペース＝ジェットで気楽にかまえているグループに向かってうなずく。その直後に、スペース＝ジェットの司令コクピット内でラス・ツバイがティフラーとフェルマー・ロイドとともに実体化した。

乗員たちはそれに気づいたが、言葉は発しなかった。ティフラーはヘイダとグンドゥラとしばし協議した。

「すでに傍受されている危険は覚悟のうえだが、三機の搭載艇すべてに以下の指針を適用する。フェルマーとラスとわたしが艇内にいることはだれも知らない。着陸したらすぐに、われわれはこっそりと搭載艇から降りる」

「作戦に同意します」両船長が表明した。

*

平たい円盤型のスペース＝ジェット、カシ＝1は牽引ビームに沿って目的地へ向かっていた。ハロルド・ナイマンが震える手で操縦席の肘かけをつかむ。

「やってやるぞ！」かすれた声でささやく。「とにかく知りたいんだ！」

「事前にグンディにたずねるべきだ」ノーマン・スペックが提案する。「独断で乗員の命を危険にさらすのは彼女の意に反する！」

「なにも危険にさらしたりしないさ」

ナイマンはスペース＝ジェットのエンジンを点火して加速した。ジェットは前方に飛びだし、せまい通路に沿って驀進《ばくしん》する。わきへそれるのは不可能。ゾンデの試みで証明ずみだ。

「見たか？」格納庫チーフ兼搭載艇艇長がいった。「かんたんじゃないか！」

ふたたびエンジンを切った。ジェットは明らかに速度をあげて小惑星に向かっている。ほかの船からの搭載艇はあとにのこされ、追いつこうとはしない。

ガリバー・スモッグは低い声で笑うと、うしろからナイマンの肩をたたいた。ナイマンがシートにくずおれた。

「そういうことか。考えうることとだったな！」

「そうかな？」ナイマンがゆっくりといった。「そうかもな。もちろん、一番手として小惑星に着陸するのは功名心からだけじゃない。これで、ほかの搭載艇からすこし注意をそらせれば、ラスと同行者たちが気づかれずに姿をくらますことができる。そのために動く。下には塵が充分にあるからな！」

なにをもくろんでいるかは話さなかった。塵のリングに到達するまで、ナイマンは黙っていた。ジェットのバリアがはげしく燃え、全員のセランのヘルメットが閉められた。牽引システムは本当にゾンデのときと同じように機能するのか？

近くの塵粒子が燃えあがる。スペース＝ジェットが危険な塵のリングのなかに入りこんだ。ようやく方向が転換し、危険な物質・反物質プロセスがないリングの周辺領域に円盤が引っぱられると、司令コックピットに安堵のため息がひろがった。減速フィールドが効力をあらわし、ジェットは地表に向かってゆっくりと下降していく。

「感謝されていいはずだ」ハロルド・ナイマンは、最初に着陸する事実を評していった。

「すくなくとも、すべてがどう運ぶかをともに体験できたんだから」

「みんなきっとあなたの足もとにひれ伏すでしょうね」ティリィ・チュンズの甲高い声がした。皿状の頭が長い首の上であぶなげに揺れている。かれは四つの目でほかの三人が見えるように頭を回転させた。

かれらは地表の施設に目を向けた。遠くから潰瘍のように見えたものは、いくつもの不格好な建物だとわかった。上に向かってグレイやブラウンに光っている。古いトーチカに似ていて、瘤《こぶ》のように地表から突きだしている。

スペース＝ジェットが五台のゾンデを探知し、コード・インパルスを送った。五台すべてが応答し、システムが待機していることを知らせた。

「ここにはなにも遮蔽物《しゃへい》がない」ナイマンが突然気づいた。「あざむかれているのでなければ、この施設の大部分は稼働していない。これはよろこばしい！」

牽引ビームの作用がなくなっていることをシグナルが知らせる。かれはジェットを手動制御に切り替え、優雅な弧を描いて地表へと操縦する。建物のあいだのあいた平地に目をつけ、その真上に円盤艇を移動させると、百メートルの高さから下降させた。

ジェットの防御バリアが光ったが、下からはなんのエネルギーも発生していなかった。未知者のほうは、この到着に反応していない。支障なくスペース＝ジェットを着地させると、ハロルド・ナイマンは通信に加わり、《バルバロッサ》搭載艇のカルタン人のフエル・ムーンと、《ペルセウス》搭載艇のゴラー・アマリムに向かってにやりとした。

「不毛の世界へようこそ！」と、ナイマン。「気をつけろ。ほかの艇をすこし援護する！」

円盤艇は離陸するとすこしわきへ飛んだ。そこには建物のはざまに大きな砂丘ができている。エンジンを使って砂丘に風を吹きつけると、それはゆっくりと立ちのぼる幕となった。幕は見通しがきかず、探知さえ妨害する。まさにこれが、ハロルド・ナイマンにとって重要だった。《ペルセウス》搭載艇のゴラー・アマリムがシグナルを送るまでの三十秒ほど、かれは塵を真空空間に吹きあげた。

「もうやめていいぞ」シガ星人のアマリムが連絡してきた。「これ以上の塵は必要ない」

小惑星のわずかな重力のなかで、大量の塵はまず球状にまとまった。大気がないため、塵はかなり速く降下して、建物をおおった。

塵のリングが小惑星に投げかける弱い光のなかで見たところ、どのトーチカにも開口部らしきものはなかった。ときおり、反物質反応のエネルギーがこれまでより強く発生すると、上空で閃光がはしる。するとすぐに未知の力が介入して、プロセスをコントロールする。

ハロルド・ナイマンはパイロットシートから立ちあがった。ほかの二機の搭載艇も、五十メートルとはなれていないところに着陸した。ナイマンは、船底エアロックを開けるよう自動装置に指示した。かれは三人の仲間に合図すると、出発した。

かれらが外に出ると、グラヴォ・パックによって一Gで地面に押しつけられた。これで船内と同じように、あるいは、とても遠くてとても近い、古きよき母なる地球と同じように動くことができる。かれらは期待に満ちて歩きだした。うしろではエアロックが閉まり、スペース＝ジェットがエネルギー・バリアでつつまれた。

目の前にあるものがなんであれ、これはブラック・スターロードのための制御ステーションだ。規模からすると、高い能力を秘めた施設のはず。そうでなければ、塵のリングからエネルギーを得ていることが説明できない。

「ぜんぶひっくり返すぞ」ヘルメット・テレカムを通してハロルド・ナイマンがいった。

「故郷銀河にいるのかそうでないのか、突きとめられなかったらお笑い草だ！」

三つのグループはしばし協議すると、それぞれ異なる方向へ散開した。

＊

ノーマン・スペックはすこし遅れていた。ピココンピュータにあらたな指示を出し、飛翔装置のスイッチを切った。柔らかく着地すると、砂の上をおおう水疱《すいほう》のようなふたつの建物のあいだで立ちどまった。トーチカにたとえられたことから、これらの建物をトーチカ疱と呼ぶようになっていた。

「どうした？」ハロルド・ナイマンがたずねた。グループの先頭を飛翔していたかれは、仲間の遅れに気づくと、暗い空へ上昇し、カーブを描いてなりめ上から言語学者に接近した。

「なんでもない」スペックがいった。「だが、トーチカ疱がどれも氷のように冷たいのは妙だと思わないか？　あれがあるのに？」

かれが指さす先、二百メートルはなれたところで、エネルギー・チューブのひとつが上空からおりていて、トーチカの漏斗のなかに消えている。

「この領域では全体にエネルギー活動は確認できない。建物は周囲と同じ温度になっている」格納庫チーフが答えた。「ガリバー、どう思う？」

ガリバー・スモッグがなにかうなったが、だれにも聞きとれなかった。さらに前進し、ナイマンがほかのふたつのグループと通信した。かれらも、これまでに目につくものはなにも確認できていなかった。

「どこかに、すくなくとも〝ひとつは〟入口があるはずだ」ナイマンが主張した。

かれらは建物の外周をすべて探索したが、なにも見つからなかった。着地のときに気づいたことが、しだいに悪夢のような現実になってきた。ツバイと連絡をとることを重視すればよかったのに。テレポーターなら、どこで入口を見つけたか教えられたはず。

すでに建物のどれかに侵入できていればの話だが。

いちばん大きな水疱の前で、かれらはついに立ちどまった。ティリィ・チュンズが、未知の合金からなる素材に触れる。ブルー族は建物の壁にもたれて同行者たちを見つめた。

「たちの悪い詐欺じゃなければ、狡猾《こうかつ》な青い生物が迎えにきてくれないかな」と、甲高い声でいった。

青い生物がかれの願いをかなえるとは、だれも思ってもいなかった。

突然、ノーマン・スペックが警戒の声をあげて前方に跳んだ。ティリィの背後に影が見えた。ブルー族も、おかしいと気づいた。目に見える原因もなく、かれはバランスを失ってうしろへ、通りぬけ不可のトーチカ疱の壁のなかへ倒れこんだ。耳をつんざくような叫び声をのこして、ティリィは闇のなかに消えてしまった。

言語学者の手は虚空をつかんだ。苦労して体勢をたもつと友の腕のなかに着地した。ガリバー・スモッグはいまだに無言のまま、ヘルメット・シールドの奥で首を振るばかりだ。

そこに、必死で探していた開口部があった。突然形成されたのだ。ハロルド・ナイマンが開口部の卵形の縁を調査した。

「物質が非物質化されていたんだ。扉はつねにあったが、分子と原子の構造が、われわれには知覚できないようになっていたにすぎない。みんな、注意しろ！」

未知者の技術に対する敬意がさらに高まった。ナイマンが開口部のなかに身をかがめる。じたばたするブルー族の姿が見え、ヘルメット・ライトを点灯した。

「助けて！」ティリィ・チュンズが叫ぶ。「まだ死にたくない！」

「そんなにわめくな」ナイマンは低く笑った。「思いちがいだよ。むらさき色の生物と錯覚したせいで頭が混乱しただけだ」

「本当に？」

ブルー族はゆっくり立ちあがるとセランをたしかめた。それから開口部のうしろにのびる通路を指さした。

「ここは真っ暗で不気味だ、ハロルド。ここから出よう！」

格納庫チーフはかれのわきを通りぬけて合図した。

「行くぞ、あとにつづけ。やっと扉を見つけたからには、このチャンスを逃すわけにはいかない」

かれらはなかに入った。背後で、無からあらたに壁ができた。ノーマン・スペックが悪態をつきながら金属の壁をたたく。同時に周囲が明るくなった。

「オクヴァス！」なにもないところから明るい声が響く。「オクヴァス・イトール！」

「だれだ？」ハロルド・ナイマンが叫んだ。「姿を見せろ！」

応答なし。スピーカーや類似の装置を探したが、むだだった。通路を満たす明るさは、天井にある輝く円からきていた。四人が移動するとその面も移動し、つねに二十メートルまでの領域を照らす。

通路という表現は、かれらが移動するこの空間にはそぐわなかった。どの方向に行くこともでき、空間がその方向に適合するのだから。

「フェル・ムーン、応答せよ」格納庫チーフがいった。「コンタクトは良好か？」

応答はなかった。トーチカ砲が通信を遮断している。かれらは肩をすくめてさらに進んだ。空間はかれらとともに移動し、終わりが見えなかった。

ふたたび明るい声が響いた。

「ヘルラグ・アルヴォウ」ハロルド・ナイマンはその言葉をくりかえすよりほかになかった。

すぐに、目の前に門のかたちをしたアーク放電が生じた。四人が立ちどまると同時に、セランが探知した。

「危険なし」ナイマンのピココンピュータが報告する。「転送機でも拘束フィールドでもありません。光のうしろに物体が認識できます！」

格納庫チーフは決然と足を踏みだし、アークを通りぬけた。仲間たちもそれにつづいた。かれらが横断するとアークは消え、その位置に扉があった。

そのホールは、天井の下にぶらさがる巨大な円錐形照明で照らされていた。空間の正確な寸法は今回もわからなかった。無数の機械が、いくつもの平面で、あらゆる方向に向かってつづいていた。

施設は非稼働状態にあった。エネルギー・インパルスひとつ放出していない。これらの機械全体がなんの役にたつのか、すぐにはわからなかった。

テラナー三人とブルー族が動きはじめた。その区画全体を歩きまわる。トーチカ砲の外側の寸法より明らかに大きいようだ。反対側の端にべつの扉があった。センサー式の開放機構を有しており、ナイマンがピココンピュータを使って解読した。セランが算出したコードを放出すると、だれもセンサーに触れていないのに、扉が開いた。

「これは……」と、ナイマン。最初のホールと同一だということを認識するのに、セランと同じくらいわずかな時間しか必要なかった。ただ、機械の状態が違っていた。ここで目にしたのは、内部機構のない機械だった。

「骸骨」ガリバー・スモッグが暗い声でつぶやく。「骸骨みたいだ」

かれらはそのうちのひとつに近づこうとした。セランがわずかなエネルギー・フィールドを検知し、ハロルド・ナイマンが叫んだ。「さがれ！」

遅かった。かれの両足が機械骸骨の支柱のあいだに引きずりこまれた。筋交《すじか》いの交点に引っかかって身動きがとれず、なすすべもなく足をばたつかせている。仲間たちも同様に、ほかの骸骨のあいだに引きずりこまれた。

ふたたび声がした。またなにかを語っている。今回は比較的長い言葉だ。どのみちセランがすべて記録するので、ナイマンはそれをおぼえようとはしなかった。

「どういうことだ？」ナイマンが通信機とスーツの外部スピーカーを通して叫んだ。「われわれは平和的な宇宙飛行士だ。すぐにわれわれを解放して、姿をあらわせ！」

それをインターコスモで表現して、反応を待った。

沈黙が返ってきた。心の奥底では予期していたことだ。同じ言葉をくりかえすと、答えのかわりに、急に下まで落ちた。はずみをつけて立ちあがり、開いた金属の檻《おり》から急いではなれた。三人の仲間も解放されていた。かれらは、足もとの床に光の点が形成され、かれらの前を動いているのに気づいた。

「ユエルヘリ」声がついてくる。この言葉をかれらにたたきこもうとしているようだ。自分たちに関係する言葉だとティリィ・チュンズは推測した。

「〝ユエルヘリ〟とはなんだ？

「〝侵入者〟という意味じゃないのか」ノーマン・スペックがいった。「出口を探したほうがいい。ここにはきっと未知者はいない」

「なるほど！」ハロルド・ナイマンが腰に両手をあてて立ちどまった。光の点もとまる。「それで、かれらはどこにいる？」

「ほかのグループがすでに見つけているかも！」

格納庫チーフはため息をつくと、速足で歩きだした。かれはまったくべつの考えにとらわれていた。このステーションの未知者は未知の言葉を話す。かれらは未知の種族、ことによると未知の銀河に属している。

　かれにとってはほとんど確信に近いこの考えを、いまはいわずにおいた。

＊

　かれらはさらにふたつの罠にはまったが、その都度、インターコスモで文句をいうと解放された。歩いた道のりからすると、すでにステーションの半分を横断したはず。高い門の前で立ちどまり、話しあった。

「もうひとつ空間を通る。それから出口を探す。いずれ見つかるとしてだが」ナイマンがいった。「見つからなければ、きた道をもどる！」

　かれらは光の点が門の中心に達するまで待った。門が自動で横にスライドし、かれらはドームのように上向きにアーチを描く空間に入った。たいらに膨《ふく》らんだトーチカ疱とはまるで違う。中央にある暗く輝く物体をのぞいて、なにもなかった。道しるべの光の点が散っていき、かれらは壁に固定された発光体の列を追って歩いた。目の前で物体が伸びあがり、かれらは思わず息をのんだ。

　かれらは金属の織物の前に立っていた。そのなかに、まちがいなく一隻の宇宙船がある。認識できるかぎりでは、船は無傷で、前端に紡錘を有する細長い三稜《さんりょう》のかたちをしている。それは台の上に置かれ、金属織物のなかに精巧に織りこまれていた。

「船のための繭《まゆ》といったところだな」ノーマン・スペックが口笛を吹いた。「おもしろい。これはこのステーションの未知者のものなのか？」

そうであれば、その生命体を推し量る手がかりになる。

かれらは繭のまわりをまわって特徴を探したが、ついにはあきらめた。なんらかの理由でここに保管されている船であることは明らかだ。あるいは、繭は盗難や破壊に対する安全措置にすぎないのか。

「オクヴァス・イトール！」ハロルド・ナイマンが叫ぶ。かれの言葉は予期せぬ効果をもたらした。周囲のものが消え、かれらは、見おぼえのある、つかみどころのない通路にいた。前方に進むと、壁に到達した。

「開けろ」格納庫チーフが要求した。「そうしないと扉を踏みやぶる」

未知者がそれを理解したとは思えなかった。

ところが、奇蹟が起こった。壁の一部が卵形に非物質化し、かれらはトーチカ疱のあいだの塵のなかに出て、あたりを見まわした。

予期していたとおり、最初の開口部を見つけた場所ではなかった。すぐに、ほかのふたつのグループから通信が入った。とりわけフェル・ムーンはいいたいことがあるようだ。

「母船からの人員の補充を要請する時機だ」かれはハンガイ＝カルタン訛《なま》りでいった。

「これ以上愚弄《ぐろう》されてたまるか。この施設を吹きとばして、それからようすを見よう！」

「頭がおかしくなったのか」ナイマンがわめいた。「事象の地平線をこえて出ていく可能性がなくなったら、どうなる？　クイイン帝国の男よ、また忘れたのか？　それに、こちらは非常に重要なものを見つけた。宇宙船だ。所有者を探そう。こちらの通信起点を位置特定できるか？　よし。ここに集合して、いっしょに前進する。終了！」

＊

ラス・ツバイは、ジュリアン・ティフラーとフェルマー・ロイドを連れて、搭載艇から見えた水疱のうちのひとつの内部にテレポーテーションした。かれらはいくつもの壁のあいだで実体化した。壁には一定の間隔で穴が開いている。直径半メートルはある。

三人のセランのピココンピュータがいっせいに、この領域に未知のプロセスの残留ビームがあることを告げた。ティフラーはすぐに場所を変えさせた。かれらは隣接するトーチカに入り、注意深く探索した。ティフラーは何度も問いかけるようにテレパスを見たが、フェルマー・ロイドはそのつど首を振った。あちこちをたっぷり半時間探したところで、ラス・ツバイが休憩をもとめた。これまで目にした施設はすべて、稼働していなかった。扉には内部がなにかをしめす情報標識が欠落していた。

「自動のステーションじゃないのか」ティフラーがようやくいった。「すくなくとも、われわれにコードシグナルを送った自動装置を探そう。それを使って事象の地平線をこえる！」

かれらはエネルギー・チューブが通じていた建物に向かった。テレポーターはそこに入ることはできたが、内部は強力なフィールドで遮蔽され、進行するプロセスをうかがうことはできなかった。近くにステーションの本来の施設があることは疑いようがなかった。

すこし休息をとったラス・ツバイはいくつもの短いジャンプをし、だしぬけに、背の高いふたつの容器のあいだにあらわれた。

「きてくれ。なにか見つけた」かれらがラスのもとに急ぐと、ラスはちいさな部屋を指さした。留め金がついたプラスティックの袋がいくつもぶらさがっている。袋の上部にはリングで縁どられた開口部があり、下部にはいくつもの瘤があった。

ラスがセランの計測ゾンデで素材を分析した。未知の組成からなるプラスティックで、強い反射性と分子張力のために正確な分析ができない。

「ここにいるのがわれわれだけだと知らなければ、この袋は宇宙服だというところだ」

フェルマーがいった。

ティフラーがうなずく。

「けばけばしいオレンジ色からすると、ブラック・スターロードの道路管理事務所の防御スーツだろう」

かれらはこのちょっとした冗談に笑った。《ペルセウス》の指揮官が防御スーツのような袋をつかむと、両手で素材を引きのばした。それはしなって弾性をしめしたが、ある一定以上の力をかけると硬化して動かなくなった。袋は、三人とは反対の側に金属の留め具バーを有していた。

「見本としてひとつ持っていこう!」アフロテラナーが提案し、いちばん前の袋をつかんで、フックからはずそうとした。すると、両足が床から引きはなされた。セランの助けがなければはげしく転倒してけがをするところだった。袋は矢のように上に飛び、天井に平行に部屋じゅうを滑空しはじめた。どこからか電子シグナルがきて、すべての袋が飛行物体となった。それらは上方に飛びあがり、ほとんど測定不能のエネルギー・フィールドによって加速され、制御されていた。そして部屋の端まで滑空すると、そこでいきなり形成された開口部のなかに消えた。輝く袋が消えると、すぐに開口部もなくなった。

「行くぞ!」ティフラーがささやいた。「あとを追う。エネルギー・フィールドが動く方向に進む!」

ラス・ツバイがふたりを連れ、防御スーツのような袋のあとを追ってテレポーテーシヨンする。フィールドが方向をしめしてくれたが、輝く袋はもう見えなくなった。そのかわりに、外からは見ることができなかった、明確なプロセスが進行している領域に行きついた。さらにテレポーテーション・ジャンプをしたあと、かれらは高エネルギー領域に立ち、そこにひろがるコントロール装置を観察していた。空飛ぶ袋もふたたびあらわれた。それらは天井付近を漂っていたが、メカニクスに捕捉され、壁ぎわのロッカーへと曳行《えいこう》された。

たしかなことがひとつ。この施設の機械部品は一定の目的のためにだけ使用されており、標準品ではない。それ以外は、すべてギャラクティカーの知識を超えていた。六百九十六年前の技術を持つかれらが時代遅れなことを、またも認めざるをえなかった。

「ここを出て搭載艇に向かう」ティフラーがいった。探していたものは見つかった。

「そのあとここへもどる！」

ラスはかれらとともに外へテレポーテーションした。ちょうどよい頃合いだった。三つのグループが《ペルセウス》の搭載艇近くに集まっていた。

「時間ぎりぎりですよ」ゴラー・アマリムがかれらを迎えた。シガ星人はカルタン人のヘルメットの上にすわっていた。カルタン人は再三、かれをヘルメットからたたきおとそうとするが、ミニセランがうまくプログラミングされているらしく、その手をかわされる。フェル・ムーンはついにあきらめた。

母船とのコンタクトに支障はなかった。牽引ビームは三隻の宇宙船を塵のリングをまわる軌道に引きこみ、そこにとどめていた。そのとき、三つの拘束フィールドのエネルギー組成が変わった。それにはだれも手を打てない。

ジュリアン・ティフラーは即座に決断した。

「全員、搭載艇へ！」と、指示。「五台のゾンデを呼びよせて、時間があればエアロックからなかに入れろ。注意せよ、ボルダー。軌道からなにが見てとれる？」

「とくに、チューブのエネルギー輸送が著しく増えています。ひとつはすでに以前の二倍のエネルギーを輸送しています。拘束フィールドが変化しはじめました」

「磁気流が形成されているか？」

「いまのところわかりません」

「用意しておけ。船を破壊しようとするものがいれば、逃げろ。われわれはあとから行く。ラスとフェルマーとわたしは、この事態の阻止を試みる。指令センターを見つけたのだ！」

この報告とともに、三人はふたたび広大な施設のなかに消えた。ラスはふたりを指令センターにもどした。かれらは無数の端末に近づき、なにかしら見きわめようとした。だが、個別の機器の機能やタイプに頭を悩ませるのは無意味だった。幅広い分析法をそなえるセランもお手あげだった。その技術はあまりにも変わっていて、短時間で解明できるものではない。三人のギャラクティカーには、進行しているプロセスに介入する手だてはなかった。

そのかわりに、かれらは搭載艇への通信が維持されていることに気づいた。これまで通信を妨げていた遮蔽物がなくなっている。そのことと、それぞれのグループが体験し、詳細に報告した事柄とから、ティフラーには、ここが自動のブラックホール・ステーションだとは思えなくなった。本当にそうだとしたら、自動装置が狂ったのだ。

「ここに天の川銀河からきた三人のギャラクティカーがいる！」かれは大声でマイクロフォンに叫んだ。「姿を見せろ。ここにいることは知ってるぞ！　われわれは平和目的できた！　もうかくれるな！」

搭載艇から警報がとどいた。牽引ビームがついにべつのエネルギー形態に変わったのだ。ボルダー・ダーンが通信してきたが、文の途中でいきなり中断した。同時に探知機も警報を発し、シガ星人がつかえながら報告する。三隻の母船が跡形もなく軌道から消えてしまった、と。船が消えるとエネルギー・フィールドも消えた。記録から、非物質化事象であることがしめされた。

「ブラック・スターロードに送られたか、あるいは事象の地平線をこえて通常宇宙に放出されたか」ハロルド・ナイマンが推測する。

「推測しても、もうなんの役にもたたない」ジュリアン・ティフラーがいった。フェルマー・ロイドが「おお!」と、小声を発し、ティフラーはそちらを向いた。

「なにかあったか?」

「ええ、ティフ。〝モイショウ・ユエルヘリ・スクロンネーレ〟がなにかわかりますか?」

4

フェルマー・ロイドが生命体の思考をキャッチしたのだ。ジュリアン・ティフラーは、コンソールでからだを支えているテレパスを見守った。フェルマーは目をつぶり、周囲から自分を隔離し、未知のイメージに集中しようとしている。ミュータントは何分間もその姿勢のままでいた。そのあいだに、ステーションの精力的な活動は静まり、各制御センターで生成される通常の放出量まで減少した。

ロイドがようやく目を開き、ふたりの仲間を見た。

「異質な生命体です」ロイドが小声でいった。「数分前にはじめてこのステーションにあらわれたのかもしれないし、あるいはそれまで意識がなかったのかも。そうでなければ思考がキャッチできたはずです。思考のインパルスは大部分が不明瞭で混沌としています。まるで自制力がないみたいに。しかし、狂っているとは思いません。思考は特定の軌道で流れていますが、脈絡がなくて特定しづらい」

「それが生命体で、ドロイドではないのはたしかか？」ラス・ツバイがたずねた。フェルマーはアフロテラナーの目を見すえた。

「疑うべきではない」と、フェルマー。「生命体だということはわかっている。それに、きみは忘れているが、カンタロならけっして思考を読ませない。ドロイドは不注意なまちがいをおかす生体脳とはべつに、第二の人工脳を持っている！」

「この生命体は混乱している、ということか？」

「ええ、ティフ。どうやらわれわれの存在と関連しています」

テレパスはふたたび目を閉じて集中した。雑然としたイメージが頭に流れこんでくる。すでに知っている言葉がふたたびあらわれた。〝モイショウ・ユエルヘリ・スクロンネーレ〟。〝モイショウ〟は〝スヴェルダイスタ〟と直接的な思考の連関がある。〝スクロンネーレ〟は動き、または行動をあらわしている。

フェルマーがからだをこわばらせた。なにかに気づき、ぼんやりとしたその姿をとらえようとしている。それはひとつのイメージだった。絶えず収縮していく均一な光、それが突然消えて漆黒に場所を譲る。これが〝モイショウ〟だ。

「ブラックホールだ」フェルマーが聞きとれないほどの声でつぶやいた。「〝モイショウ〟はブラックホールのことか、あるいはその名称です。それからもうひとつ。この生命体は思考イメージを生成する。スーツを着てトーチカのはざまを飛んでいるこの生命体から見た眺めです。〝ユエルヘリ〟がいる。漠然とした〝ユエルヘリ〟。なにを意味している？　〝ユエルヘリ〟は異人という意味か？」

さらなる言葉がこの生命体の雑然とした思考のなかに散発的にあらわれる。フェルマーは〝ムウルダウ〟と〝ヘーシル〟、〝アイスクロウ〟と〝ネイスクール〟という語も聞いた。くりかえされるのは、ある事象をあらわす〝スクロンネーレ〟という語で、〝ユエルヘリ〟、〝モイショウ〟と関連していた。

異人はブラックホールからきた。事象は〝スクロンネーレ〟であらわされる。フェルマーの顔が明るくなった。

「〝モイショウ・ユエルヘリ・スクロンネーレ〟は、異人がブラックホールからきた、という意味です」フェルマーが報告する。「〝スヴェルダイスタ〟はそれと関連している。でも、まだ分類できません」

「それは船内で受けとった通信の呼びかけにあった言葉だ」ティフラーが思いだした。

「本当にそれだけに関連するのかもしれない。許可となにか関係あるのか？」

フェルマー・ロイドはさらに耳を澄ました。そのあいだに、ティフラーはかれらの会話をテレカムで注意深く聞いていた搭載艇乗員たちと小声で話した。ふたたび、テレパスは混沌のなかからいくつかの明瞭な思考を抜きだした。大変なエネルギーを使う作業だが、手をゆるめなかった。時間とともに生命体の思考がおちついてきたようだ。多くの言葉が明瞭になり、中休みが入ることで、ひとつひとつのイメージ構造を分離できるようになった。思考には多くのイメージが付随し、フェルマーは、この生命体にはイメージで思考するというきわだった特徴があることに気づいた。〝ムウルダウ〟は恒星のイメージとつながり、〝ヘーシル〟は宇宙港をあらわしていた。つづいてイメージが拡大し、宇宙港をとりかこむ町が見えた。

この町がある惑星に〝アイスクロウ〟が暮らし、そのうちの一名が、確認するために〝モイショウ〟へ向かった。

ミュータントはだいたいそのように理解した。そして、いよいよこの生命体の姿をしめす思考が読みとれるのを待った。

しかし、〝フイスキャップ〟という言葉だけはわからない。〝フイスキャップ〟は〝マスクーマ〟に属する、いつもそれだけだった。ブラックホールに関連していて、なにかの行動、あるいは事象の名称をあらわすのかもしれない。〝スクロンネーレ〟の逆なのか?

〝フイスキャップ〟が管理エレメントをチェックし、〝ユエルヘリ〟を監視する。

そうすると、〝フイスキャップ〟はこの生命体の名前らしい。

力をつくすフェルマーの額にちいさな汗の玉が浮かぶ。かれはセランに指示を出し、温風を顔に当てて汗を乾かした。

「その生命体はどこにいる?」ティフラーがいらいらしてきた。

「この近くです。ここととほとんど同じような空間」と、フェルマー。「もうすこし待ってください。やみくもにジャンプしたくありません！」

かれはふたたび耳を澄ました。それからテレポーターの手を握り、ティフラーがもう一方の手を握るのを待った。簡潔な言葉でかれは自分の印象を伝えた。《ペルセウス》の指揮官がいった。「すぐそばに行ってはだめだ。その生命体を驚かせたくない。敵だと思われないようにしなくては！」

ラスがうなずいた。

「最善をつくします。ななめ左方に四十メートルはなれたところでいいですか？　この建物の横断面を正しく見積もっているとすれば、そこには充分なスペースがあります！」

「やってみましょう」フェルマーがいった。

ラスは集中し、それから突然、周囲が消えた。

＊

かれらが最初に見たのは、高くそびえたつふたつの金属ボックスだった。そのあいだに、重力フィールドで回転するさいころがある。ボックスがグレイなのに対し、さいころはあらゆるスペクトルの色に輝いている。それはふたつの軸を中心に回転するだけでなく、個々の面の中央がらせんのように動いていた。そのようすはどことなく、ブラックホールでの回転プロセスを思わせた。

よく見ると、〝道路作業員〟がいた。けばけばしいオレンジ色のスーツを着ており、かれらから十メートルとはなれていない。かれらの出現にすぐに反応し、すくなくともかれらと同じように驚いている。その動きはさいころの回転のようだった。特定不能の通信機器からけたたましいトランペット音が響きわたり、それが犬の低い鳴き声のような音に移行したときには、かれらだけがのこされていた。

セランがオレンジ色の袋のようなスーツからの強いエネルギー放射を伝えたあと、生命体の輪郭がぼやけ、いきなり消えたのだ。

「あとを追え！」ティフが急いでいった。

「だめです！」フェルマーがテレポーターの手をはなした。「待ちましょう。フイスキャップは完全に混乱しています。すぐにまた近づけば、分別を失う恐れがある！」

かれは実際にフイスキャップと呼ばれていた。まったく予期せずユエルヘリを目にした驚きでいっぱいになっている。かれらはモイシュ・ブラックホールからきた。かれらはスターロードのひとつを使った。フイスキャップはこの出来ごとをスクロンネーレと呼んだが、フェルマーはインターコスモの用語法に合わせてスクロンネンといいあらわした。

「スヴェルダイスタの意味もわかったと思います」フェルマーがつづけた。「それはブラックホールの詳細で、そこで終わっているために使用不能なスターロードをさしています。死んだスターロード、袋小路といえるかもしれません」

「ここでなにが起こったかを確認するためにかれが派遣されたのだと思うか？」

フェルマーがティフラーの考えを認めた。

「フイスキャップはある役目をになっています。おそらくかれの種族の多くがそれをになっている。ブラックホールに関連する役目。ですから、さっき見た袋みたいなスーツもそうです。フイスキャップはアイスクロウで、この瞬間、どう行動すべきかわからずにいる。つかのま、かれの気分を感じました。グレイのステーション内ではいい気分ではない。かれは色を好む。まったく不快なステーションのなかで、このさいころがお気にいりの場所」

「かれはいまどこにいる？」

「かれのスーツには一種のフィクティヴ転送機があります」ピココンピュータが報告する。「スーツがかれをここから連れだしました。探知によれば、われわれが前にいた空間にいます！」

「かれにもうすこし時間を」フェルマー・ロイドが訴えた。フェルマーはあらためてその生命体の思考に耳を澄ました。

フイスキャップは〝ムウルダウ＝カウプ〟と呼ぶ故郷にもどりたがっていた。それは恒星ムウルダウの惑星で、そこにヘーシルの町と港があるにちがいない。このアイスクロウは〝オクヴァス〟をもとめていた。それがなにを意味するものであれ。フェルマーは読みとったイメージを仲間に伝えた。

「残念ながら、われわれはかれにオクヴァスをもたらすことはできない」ジュリアン・ティフラーがいった。「コンタクトをとる時間だ。フイスキャップはいまなにをしている？」

「また場所を変えました」ピココンピュータが報告し、このあいだに構築した補助システムの座標列をつけくわえた。

「あとを追う！」ティフラーがいった。「そうしないと、ここから出られなくなる予感がする」

*

かれらは三度ジャンプしたが、アイスクロウを目にすることはなかった。当然、アイスクロウはステーションの装置でかれらを監視し、毎回適時に逃げているのだ。それでも、思考のインパルスが強くなってきた。この奇妙な生命体に近づけば近づくほど、フェルマー・ロイドにはフイスキャップの気分がはっきり認識できるようになった。フェルマーはこの生命体に同情しはじめた。意思疎通して誤解をとこうにも、なにもできないことがひどく悲しかった。未知の言語のわずかな言葉では役にたたない。じかに対面して身ぶりではじめるよりほかになかった。身ぶりやボディ・ランゲージはいまでも、言語の壁をこえて友好の気持ちをしめす最良の手段だった。

フイスキャップは遊び道具を切望していた。色やもので遊びたいのだ。かれらが〝遊んだ〟装置の罠も、フイスキャップがプログラミングした。かれらは自分たちをつかまえた罠で遊び、かれらが解放しろといえば、罠はすぐに解放した。そんなとき装置が危険を冒すことはない。なぜなら、スターロードを使用する者はだれでも、自動的に命令権者だからだ。モイシュ・ステーションではなにも注意すべきことはなかった。それはスヴェルダイスタなのだから。長い歴史的伝統を持つ絶対的スヴェルダイスタ。

フイスキャップはネイスクールのことを考えた。それはムウルダウがある銀河の名前だ。この銀河から飛びだして、無窮《むきゅう》に身をゆだねられたらいいのに。スクロンネンの可能性は充分にある。そこからフェルマーは、ネイスクールにはいくつかのブラックホールがあり、それがブラック・スターロードの始点と終点の役割をはたしていると推論した。

しかし、ユエルヘリが虚無からきた、スヴェルダイスタからきたというのは、銀河と規則正しく進んでいく恒星とすべての遊びのルールのもとでアイスクロウが想像している宇宙全体の秩序とはあべこべになっている。

「かれはステーションに関することを考えています」テレパスがいった。同時に、三台のピココンピュータがいっせいに、フイスキャップが最初にいた空間にもどったと報告した。エネルギー・プロセスが開始され、搭載艇からアラームがとどいた。

「上方の軌道で、母船を非物質化したのと同じエネルギー・フィールドが形成されています」シガ星人が報告する。

ティフラーはアラーム開始を指示した。

「軌道上に移動しろ。われわれは艇内にテレポーテーションする！」

かれはフェルマーのほうを向いた。

「フイスキャップはなにをしている？」

「非常用の制御器を操作しています、ティフ。かれは内心ではわれわれの問題を忘れていません。船と同じようにわれわれのことも厄介払いしたいのだと思います！」

「それが最善だ。かれの気にいるようにしましょう！」ラス・ツバイがつけくわえた。

「よし、わかった」ティフラーは謎めいた笑みを浮かべた。「だが、かれもいっしょだ！」

無言のまま、ラスは仲間をつかみ、アイスクロウのもとへテレポーテーションした。

今回は、フイスキャップはかれらの出現にすぐに気づかなかった、あるいは気づこうとしなかった。かれはコンソールのうしろに半分かくれて立っていた。オレンジ色の袋のようなものはかれの宇宙服で、球状のヘルメットは鏡ばりのスクリーンでおおわれていて、内部は見えなかった。アイスクロウは一メートル半くらいの大きさで、じゃがいもをいっぱいに詰めた袋が奇妙な足の上にのっかっているように見えた。

そのとき、この生命体がからだをひねった。テラナー三人はかれに向かってゆっくりと足を踏みだした。

「心配いらない」ティフラーがヘルメット・テレカムを通していった。ピココンピュータが周波数を変え、生命体のスーツが言葉を受信することを期待した。「われわれは平和目的できた。きみにはなにもしない！」

むだだった。フイスキャップはスクロンネンのことだけを考えており、三人のかたわらを通りすぎようとした。

ティフラーが搭載艇を呼んだ。搭載艇は小惑星からの高さを伝えた。

「もう充分だろう！」《ペルセウス》の指揮官がうながした。

「ラス、かれを上に連れていけ。それからフェルマーとわたしを迎えにきてくれ！」

ラス・ツバイは、フイスキャップが悪態のひとつも考えつくより早く反応した。ラスはかれのスーツをつかむと、いっしょに消えた。十秒もしないうちに、ふたたびふたりの仲間を連れにあらわれた。かれらは搭載艇のせまいコックピットで実体化した。ティフラーは、身動きせず立っているオレンジ色の〝ブイ〟のまわりを興味津々《きょうみしんしん》で飛んでいるシガ星人のゴラー・アマリムを追いはらった。

搭載艇の装置が軌道到着を告げる。ティフラーがシートのほうに手招きするしぐさを見せた。

アイスクロウは動かない。ラスがいった。

「かれはびっくりしています。さらってきたのはまちがいだったのでは！」

「逃げられないことはわかっているようです」と、フェルマー。「かれの思考は混乱しています」

「かれのスーツが周囲をテストしている」と、ティフラー。「われわれが好意をしめすべきだ！」

ティフラーはヘルメットを開けるようセランに指示した。ヘルメット・シールドが軟化し、ヘッドレストとともにうしろに折りたたまれて襟もとにおさまった。つづいてセランがロックを開け、テラナーがスーツから出た。

かれはふたたびアイスクロウに向かって手を伸ばし、招くしぐさをした。

フイスキャップはなんとなく理解したように見えた。小惑星の施設が最高容量に達することは考えておらず、ユエルヘリのことだけを考えていた。もうスクロンネンのことは考えるあいだに、ネイスクール銀河の生命体が動きはじめた。かれは奇妙な足布を前に動かし、部屋の中央でようやくとまった。

「ユエルヘリ・アイスクロウ」宇宙服が笛のような音で告げた。それからかすかな音がして、フイスキャップが作業衣を開けた。それは濡れた袋のようにはなれおち、かれらはようやく、この生命体の姿を目にした。

　アイスクロウは洋梨形の胴体を有し、その上端にほとんど見えないほどのくびれがあって、その上に頭がのっていた。頭は皿状に編まれた髪で飾られ、頭の中央に直径十センチメートルの赤い複眼がひとつ、輝いていた。頭の下、胴体がはじまってすぐのところに、トランペット状の器官が水平に突きだしている。床の上のいちばん太い個所で、洋梨体は直径一メートルほどあった。移動に使う足は、筋肉質の六つの肉垂からなっていた。全身の皮膚は厚く、剛毛におおわれ、土色で、絶えず芋虫のように動いているリング状の筋肉に満たされていた。この筋肉リングは、アイスクロウが動くと、あるいはからだをひねるだけでも、明らかに増えていた。

「かれはひどく恐がっている」フェルマーがいった。「恐怖で死にそうなほど。同時に、よろこんでいっしょになにかしたそうだ。でも恐怖がまさっている。自殺的くわだてともいえるようなことに巻きこまれたのだとわかっている。それは当たっている。われわれは現在、かれといっしょに天に昇っているのだから。それからもうひとつ、ティフ。かれには任務があります。かれは三隻の船を追いはらった。われわれもすぐにそのあとを追う。これが、かれがイメージで考えていることです」

指揮官は、てのひらを伏せると自分の胸をさししめした。

「ジュリアン・ティフラー！」ゆっくり、はっきりといった。

アイスクロウには、頭の下に長く伸びた鼻のような二本の腕があり、トランペットと同じように穴が開いていた。かれは音を立てて両腕の端を打ちあわせた。

「フイスキャップ！」甲高い声が響きわたり、居あわせた全員の耳が痛くなった。

この瞬間、搭載艇のシントロニクスがシグナルを出した。フィールドの力が三機をとらえ、ブラックホールの等方性の光がいきなりスクリーンから消えた。つかのま、人類は方向感覚を失った。それが解消したとき、ティフラーは心からほっとした。

アイスクロウはかれを理解したのだ。すくなくともひとつのはじまりだ。

5

鉄のグンディは、ガリバー・スモッグを行かせた自分を呪った。かれが船内にいないいま、シントロニクス・コンポーネントの能力だけにたよらざるをえない。それは、彼女にはとても困難なことだった。彼女をシートにとどめている安全ベルトを、いらだたしげにセランの手袋で引っぱりながら、外の環境がどう変化しているかを目で追った。漆黒の宇宙があらわれた。輝く明るい点は星にちがいない。突きさすような光に目が痛くなる。全力を傾注し、ふつうに見えるようになるまで数秒かかった。遷移時の随伴現象が消えると、彼女は深くひと呼吸した。

「戦闘準備！」と、要求する。シントロニクスがあえて彼女の誤りを正した。

「敵との接触はありません、船長」

「そんなことはわたしもいってない。位置特定をしてほしい。われわれはどこにいる？M－13か？」

これまでに確認できたところでは、三隻が漂っているのは密な星団のなかだった。星団はより大きな銀河の手前に位置していた。

「球状星団です」探知機についていたナジャ・ヘマタがいった。人形のような顔が興奮で赤くなっていた。彼女はさして興味がないかのように、軽視する素振りを見せ、グンドゥラ・ジャマルが彼女にとげのある目を向けた。

「しかし、M－13ではありません」女通信士がつづけた。「背後にある銀河は故郷銀河とよく似ていますが、同一ではありません。局部銀河群の銀河でもない。残念ですが、知らない場所です！」

三隻は同時に加速してブラックホールからはなれ、そこから一・八光年はなれた星に向かって驀進した。輝く降着円盤からそれとわかるブラックホールは、宇宙の深みに沈んでいった。事象の地平線の半径は三百六十四キロメートルで、ポイント・シラグサの二倍近かった。

グンドゥラ・ジャマルは身につけたクロノグラフ端末に目をやった。あらたな船内時間がしめされている。シントロニクスがポイント・シラグサと未知のブラックホールとの時間のずれを分析して船内時間を適合させたのだ。とはいえ、かれらはどの時代にいるのか？　過去に行きついたのか、それとも未来なのか？

《カシオペア》船長は、急いでこの疑問を締めだした。いらいらしてはいけない。自分たちにとって重要な、目の前のことを考えなくては。

「メタグラヴ航行開始」ボルダー・ダーンとヘイダ・ミンストラルとしばし協議したあと、彼女はいった。「四分の一光年の距離まで、恒星系に接近する」

船が加速し、メタグラヴ・ヴォーテックスを発生させた。各船が固有のちいさいブラックホールをつくりだし、そこに飛びこんだ。短い距離では、ハイパー空間を通る道のりはほんの一瞬だ。通常宇宙が光学スクリーンから消えたかと思うとまたあらわれた。今回は、ちいさな目印のように、中央に淡黄色の星が輝いている。

「反物質はまったく検知されません」シントロニクスが報告する。「通常の銀河、通常の球状星団です」

予期したとおりだった。かれらは前方の星とその第二惑星に注目した。第二惑星からは明確な放射がとどいている。そこには文化がある。かれらは無意識のうちに、それをブラックホール・ステーションと関連づけた。

「船を探知した」《ペルセウス》から報告が入った。「ちょうど三隻だ。われわれと並行して飛んでいるが、速度が遅い。まもなく追いこすことになる。エコーからすると、ほっそりした、矢のような船だ」

「それらにはかまわないでおこう」グンドゥラ・ジャマルがいった。「そうすることで本音を引きだす」

《ペルセウス》、《バルバロッサ》、《カシオペア》は二回めのハイパー空間飛行をおこなった。すると直後に〝矢〟が消え、かれらの近くにあらわれた。鉄のグンディはこの行動を正しく解釈した。

「かれらはわれわれを護衛してくれているようね。われわれがどこからきたか知っている。かれらの助けを借りることができそうだ。まだわからないのは、三機の搭載艇がどうなっているかということだ。搭載艇が二十四時間以内にここにあらわれない場合には、すくなくとも一隻が事象の地平線の向こうにもどる必要があるわね」

だれも反対しなかった。まず周囲の安全を確保し、それから可能な救援措置を講じるのは、問題が起こったさいに、いかなるケースにおいてもとるべき対策だった。

通信音がして、だれかが連絡してきた。すでに一度聞いたことがあるものだ。長い通信文は、小惑星からとどいたものと同じ内容だった。スヴェルダイスタという言葉が頭によみがえる。

《ペルセウス》が応答した。ボルダー・ダーンは、ジュリアン・ティフラーが使った文言にしたがった。今回は、未知の送信者が通信を遮断することはなかった。通信文が変わり、それと同時にほっそりした矢型船がいっそう近づいてきた。せいぜい四十メートルの長さのちいさい船だった。

「前方にエネルギー・フィールド」ランドルフ・ラモンが叫んだ。「攻撃されるぞ」

シントロニクスのほうがよくわかっていて、アラームを発しなかった。微小宇宙でかれらをとらえたフィールドと同じ種類のものだった。それは、船とそのバリアをつつみ、あと百万キロメートルしかはなれていない惑星の方向へ否応なしに引っぱった。

「ここではこれが標準らしい」グンドゥラ・ジャマルがいった。「でも、ひとつ不可解だわ。われわれは画像通信をオープンにしている。なぜ、この生命体はだれも面と向かって姿をあらわさないの？」

「それは異生物心理学者に訊いてみないことには」ラモンが答えた。「学者たちなら、この生命体がなぜわれわれを驚かそうとしないか、わかるでしょう。わたしは友好的なジェスチャーだと思いますね。どっちみちびっくりするでしょうけど！」

かれらは、引きつづき通信の呼びかけに答え、幾度か文言を変更することで満足した。未知者も同じことをした。船のトランスレーターがフル回転で作業したが、さしあたり成果はなかった。これほど解読困難なら、変わった言語にちがいない。

一時間がたち、三隻は惑星の周囲二百キロメートルの軌道に乗った。勧告の光シグナルを出しながら〝矢〟が近づいてきた。

「防御バリア、オフ！」グンドゥラがシントロニクスに命じる。「おりる準備をする！」

かれらは〝矢〟が船のすぐ横にならぶまで待った。エネルギー・チューブが形成され、外壁に押しあてられた。鉄のグンディは、同行者を指名し、あとにのこる者には、最大限警戒するようきつくいいきかせた。それから彼女はセランを閉じて通廊をエアロックまで飛翔し、そこで同行者を待った。グループの人数がそろうと、彼女はエアロックを開けてなかに入った。ハッチの向こうになにが待っているかまだわからなかったので、あえて空気を抜き、それからハッチを開けた。押しよせる気圧でバランスを失いそうになる。彼女は大きく足を踏みだし、チューブを通って矢型船に向かって進んだ。光シグナルにしたがい、壁がスクリーンだけでできている空間に行きついた。《カシオペア》とほかの二隻が見えた。その下には未知の惑星が並行して回転している。
「空気は呼吸に適しています」セランが伝えた。グンドゥラはヘルメットをかぶったままでいた。姿を見せる前にまず、だれとかかわっているのかを知りたかった。

*

かれらの下にある惑星は、酸素が存在する世界だった。ひとつづきの広大な陸地からなり、グレイの基調色が、あまり魅力的ではないものの、かれらに向かって輝いていた。陸地には細い水脈が網目状にはしっていた。それは高い山岳系に端を発し、何度も蛇行しながら、いたるところにひろがっていた。いくつかの幅広い流れがあらゆる方向に水を分配していて、網目を形成する多くの横のつながりやちいさな流れは、天然の水源を有していた。

ひとつの地域だけが例外だった。ここでは、多数の流れがひとつの共通の貯水池に注《そそ》いでいた。貯水池は海のような大きさで、そのまんなかにグリーンの蛇が横たわっていた。すくなくとも軌道からは、幾重にも曲がりくねったその細い陸地は、蛇のように見えた。そこは多様な植物相でおおわれ、唯一のオアシスになっていた。グンドゥラのセランは、まさにこの地域からのエネルギー放射を計測している。船長は同行者たちを眼光鋭く見つめた。

「われわれは未知の文明と遭遇した」彼女が話しはじめる。「これがなにを意味するか、あらためていうまでもない。できるかぎりの慎重さが必要だ。現地人がわれわれにどう反応するかはわからない。まずは、かれらの行動を友好的なものと解釈したい。だが、それがつづくかどうかは別問題だ！」

ほっそりとした〝矢〟は降下飛行に入っていた。テラナーたちの前に地表が大きく迫り、まもなくスクリーンから地平線が消えた。グリーンの島も見えなくなったが、半時間もするとふたたびあらわれた。セランが、地表までの距離を二十キロメートルとしめした。セランが地表に向けて探知ビームを送り、情報を入手するのをだれもさえぎらなかった。

惑星そのものは直径一万キロメートルといったところだ。地殻はきわめて安定しているように見える。それは星の規模がちいさいことからも予測できた。空気中の酸素割合は地球に匹敵するが、水蒸気だけはテラの値いに遠くおよばなかった。地質学的に見て、惑星は砂漠化の途上にあった。

〝矢〟は、蛇島がある海のような貯水池に向かった。それらがぴったりならんで海岸に達したときには、地上から三百メートルもはなれていなかった。スクリーンには矢型船の側方にある領域の一部がうつっていた。背の高い樹木と蔓《つる》植物に似た藪のあいだに、現地の知的生命体の最初の建物があらわれた。人々は魅入られたようにそれを見つめた。

待て！　グンドゥラ・ジャマルは集中して考えた。現地人について語るには、すこし早すぎる。惑星の豊富な水資源からすれば、広大な陸地を緑化して住めるようにしても問題はないはずだ。しかし、ここではこの島だけに住んでいるように見える。

彼女は《カシオペア》とコンタクトをとり、ランドルフ・ラモンに考えを伝えた。ラモンは彼女に同意した。

「実際、上からは島のほかにはなにも確認できません」かれがいった。「地下の文化ならべつですが」

それも考慮しなければならないが、さしあたり、船長は最終的な考えにはいたらなかった。

「暫定的にこの惑星を〝グレイ《灰色》の世界〟と呼ぼう」そう答えたが、このときどれほど現実に近づいていたか、彼女は想像もしていなかった。

〝矢〟が着地しても、だれもなにも感じなかった。スクリーン上の画像が動きをとめただけ。見おぼえのある光シグナルが輝き、かれらをエアロックに案内した。搬送フィールドがかれらをとらえると、船外に引きだし、矢型船の隣り数メートルのところにおろした。視界内に《バルバロッサ》と《ペルセウス》のグループも姿をあらわした。グンドゥラ・ジャマルは同行者たちに合図するとそちらへ急いだ。フェニックス以来、ニア・セレグリス、イルミナ・コチストワとは直接顔を合わせていなかった。ボルダー・ダーンもそこにいっしょにいた。

「ちょうど接待団が出迎えてくれるようだ」《ペルセウス》の副官が〝矢〟のあいだを指さした。なにもないところから、オレンジ色のスーツ姿がいくつもあらわれていた。その色があまりにどぎついので、到着したばかりの男女は目が痛くなった。

「トランスレーター準備！」グンドゥラが動きだした。「おちついて行動すること。あの生命体を恐がらせるようなすばやい動きはしないように！」

かれらは八名からなる生命体の一団に近づいた。そのあいだに、セランが到来した生命体からの放射を評価した。スーツには明らかにフィクティヴ転送機が組みこまれており、それによって、現地人たちはすばやく場所を変えられるようになっていた。蛇島の地表では不要にちがいない防御スーツを着ている理由がこれでわかった。

「ユエルヘリ！」恐ろしく甲高い声がヘルメットのなかに響いた。「ユエルヘリ・ノチャス！」

「おそらくあなたがたは正しい」グンドゥラ・ジャマルが答え、自動的にスポークスマンとしての立場を自分のものとしていた。「とはいえ、あなたたちがわれわれを船から連れだしてここまで運んだのはすこし奇妙だ。何者か？」

「スヴェルダイスタ！」返答があった。「スヴェルダイスタ！」

「なるほど！」グンドゥラは、理解できない単語とこれ以上格闘するのはやめにして、セランに指示を出した。スーツがヘルメットを開き、襟もとにおさめた。ほかのギャラクティカーもそれにならった。

オレンジ色のスーツたちがぎこちなくうしろにさがった。跡形もなく消えて、かなりはなれたところにふたたびあらわれた者もいた。

「かれらは武器を携行していないわ」イルミナ・コチストワがいった。「すくなくとも目に見える武器は。かれらは異人の出現に対する準備ができていないように見える」

「それはどうしようもない」グンドゥラは袋をかぶったような生命体のほうへゆっくり歩みよった。

「ヴァイザーをあげて、顔を見せなさい！」彼女は要求し、それを身ぶりでしめした。

このいまいましい小惑星にフェルマー・ロイドがいないことが本当に残念だった。かれの助けがあれば、もっと早く理解できるのに。トランスレーターではかなり時間がかかるだろう。

生命体たちは彼女の行動を理解したようだ。二名が前に出て、スーツを開けた。かれらはスーツを脱いでその横に立った。それほど信頼をしめされては、グンドゥラもそうするしかなかった。彼女もセランを脱ぎ、同行者全員に同じことを要求した。ついに、かれらは船内コンビネーション姿で、防御スーツの下にはほかになにも着ていない生命体の前に立った。

生命体は、すこし変わったかたちのじゃがいもを思わせた。それは動くたびに小刻みに揺れたり、変形したりする。比較的ちいさい頭部で目立っているのが、赤い複眼だった。頭の下にあるトランペット状の短い器官から、機関銃射撃のようにギャラクティカーに降りそそぐ言葉が出ている。あまりに早く話すのでついていけず、一部はあまりに甲高いので、人類は耳が痛くなった。

「やめて！」グンドゥラが痛みに顔をゆがめて叫んだ。聴覚攻撃がやむと、何人もの乗員がほっとして耳から手をはなした。

グンドゥラは声をやわらげていった。

「もうすこしちいさな声で」いくつもの身ぶりといっしょにたのんだ。「わかった？」

「ユエルヘリ・ガンマ！」と、返答がある。生命体が両腕で上方の恒星の方向をさして
「ムウルダウ！」、下をしめして「ムウルダウ＝カウプ！」と、いった。

「わかったわ。つまり、あなたたちの世界の名はカウプ！」

「ムウルダウ＝カウプ！」

「けっこう。つまり、われわれはムウルダウ＝カウプにいる」グンドゥラは同行者全員をさししめした。「われわれは、天の川銀河のギャラクティカー。ギャラク、ティカー！」

　スーツを着ていなくても袋を思わせる生命体たちが、集まってひと塊りになった。

「アイスクロウ」かれらはいっせいに、トランペットのような声でいった。「アイスクロウ、アイスクロウ、ムウルダウ＝カウプ、アイスクロウ！」

「もうけっこう！」グンドゥラは完全に正気を失う前に急いでいった。「つまり、あなたたちはアイスクロウ。種族の名はアイスクロウ。そして、われわれはギャラクティカー！」

「ユエルヘリ・ガンマ！」やや低い声で、そのため快い響きになって答えが返ってきた。

「ギャラク＝ティカー・ガンマ！」

「ああ、いやだ」ニア・セレグリスがつぶやいた。「これからどうなることか！」

　最前列の二名のアイスクロウが、防御スーツをひろいあげて動きだした。

「マスクーマ・アルヴォウ」かれらが告げた。「ユエルヘリ！　ギャラク＝ティカー・アルヴォウ・ヴァウデーレ！」

乗員たちは顔を見あわせた。かれらは、ほかのアイスクロウが仲間にしたがうのを待って、そのあとから建物の方向に進んだ。

「われわれはすべて理解したと思う」グンドゥラ・ジャマルがいった。「あとをついていくべきだ」

「かれらが人食いでなければ、よろこんで！」背後でだれかの声がした。

かれらは着陸地をはなれて、最初の建物群に近づいた。宇宙港をとりかこむ丸太建物は、建築学的にはお粗末に見えた。ところが、外壁をあとにして町への視界が開けると、その眺めに乗員たちは思わず立ちどまり、回転しながら天に伸びあがる、すばらしく美しい建築物を見つめた。それは、色の海と、芸術的な多様なまるみをかたちづくっていて、最初に見たときは、建物が絶えず動いているのだと思った。よく見るとはじめて、これらの建物の本当の秘密がわかった。建築学的な精密さと結びついた色の作用なのだ。故郷銀河のどんな宮殿も、規則的に呼吸しているように見えるこれらの建築物とくらべると、粗野で精彩を欠いているように思える。

「ギャラク＝ティカー・ヴァウデーレ！」アイスクロウが叫び、不快なひと声で抒情的風景をだいなしにした。かれらはびっくりして、ふたたび動きだした。見えるかぎりでは、車輛は一台もなかった。一度だけ、銀色の〝矢〟が空を移動し、ほんの一瞬、建物の先端の一部であるかのように、とまった。それは渦を巻いたカタツムリの殻とインドふうの玉ねぎ状ドームつき尖塔を混ぜたような建物で、先端がちいさな金色のらせんになっていた。

「マスクーマ！」ニア・セレグリスが小声でいった。「前方の代表団が見える？　われわれの接待団にちがいない。そしてそのうしろがきっとマスクーマ・アルヴォウよ！」

「どうしてそんなことがわかるの？」鉄のグンディがどなりつけた。

「あなたのいつものいちばん主義をやめて、二と二を足しさえすればいいのよ！」

《カシオペア》船長は同胞のベルトにつかみかかりたいところだったが、アイスクロウの背後の建物を見て心を奪われた。建物の正面は、さまざまなかたちの、絶えず動いているファサード部分からできていた。それらは旋回あるいは回転しているが、動くたびにあらたにきちんと組みあわさるので、建物の内部は見えなかった。

錯覚のようだがそうではなかった。乗員たちはこの動きにあまりにも引きこまれていて、アイスクロウが突然消え、スーツを脱いだ二名もいっしょに連れていったことにまったく気づかなかった。三十秒たってようやく、自分たちだけになっていることに気づいた。

かれらは待った。それよりほかになかった。上空の軌道にいる三隻の乗員と話しあったが、そこではなにも変わっていなかった。ブラックホールのなかのように、牽引ビームが存在しつづけ、船がはなれるのを防いでいた。

一時間たって、グンドゥラ・ジャマルのがまんが限界を超えた。「助言をちょうだい、ランドルフ」と、グンドゥラ。副長のランドルフ・ラモンはおさえた声で笑った。

「この上空からでは、どの助言もほかと同じですよ。町を見たらどうです。蛇島に関するイメージを得ては！」

これはグンドゥラの好みに合う提案だった。彼女は両手をたたいてセランのほうを向いた。セランのなかに入ると、ヘルメットを閉めた。

「前進する」彼女がいった。「四つのグループにわかれよう。アイスクロウが礼儀正しくないなら、かれらを穴から追いたててやる！」

*

島の上空を一隻の宇宙船が移動していた。セランの計測によれば、長さ五百メートル、幅七十メートル、高さもそれと同じくらいだった。細長い船は三角形の横断面を有し、針のようにとがった船首と太い船尾とから、三稜の短剣によく似ていた。空に大きな弧を描くと、遠くへ消えていった。

「アイスクロウの長距離船にちがいないわ」ニア・セレグリスがつぶやいた。「どこへ飛んでいくのかしら？　ハロー、軌道上のみなさん、あの船を観察できる？」

「もちろんだ」ランドルフ・ラモンが答えた。「地表をはなれて宇宙へ飛びだしていった。すこし待て、じきにコースを見きわめられる！」

「待ってるわ」ニアは答えると、ふたたび周囲に専念した。イルミナとふたりのテラナーとともにひとつのグループをつくり、蛇島の浜へ向かっていた。これまで、アイスクロウの姿はどこにも見あたらない。ニアはスーツの飛翔高度を変え、二十メートルまで上昇した。左右に色とりどりのファサードがならんでいる。どぎつい色に目がくらんで、彼女は下方の黄土色の通りを見やった。

そのとき、突然あらわれた二名の生命体をあやうく見すごすところだった。かれらはフィクティヴ転送機を使って、ある建物の外側のちいさな張り出しにあらわれた。アイスクロウはヘルメットを開けてスーツを着ており、張り出しの縁まで進んだ。そこからファサードの斜面を下へと滑りおり、斜面が終わって軒蛇腹《のきじゃばら》にぶつかる直前でとまった。それから浮遊して壁からはなれると、軒蛇腹をぐるりとまわって、らせん状に下にのびる雨樋《あまどい》に仰向けに身を沈めた。

「ボブスレーをしてる、しかも乗り物なしで」イルミナは啞然とした。「なんのために？　見て、もう下にいる。消えた。また上にきた！」

二名のアイスクロウはファサードでの遊びをくりかえした。とても楽しんでいるようすだ。しばらくすると、さらに仲間がくわわった。テラナーたちが弧を描いて通りにもどるあいだに、すでに二十名以上がファサードの斜面ではしゃぎまわっていた。

「これは見るべきだわ。グンドゥラ、こちらの位置を特定できる？　一度かぎりのものを見たければ、できるかぎり早くきて！」

「残念だわ」返答が聞こえた。「ちょうど有力な手がかりを追っているから。いったいなぜそんなにあわてているの？」

「アイスクロウがファサード滑りをしてる」ニアがつづけた。「こんなの見たことない！」

「どんな種族にも独自のスポーツがあるのよ！」イルミナが笑った。そのあいだに、生命体の数は四十を超えていた。

「われわれもいっしょにやるのが最善では」ピーター・オコネルが提案した。かれは向きを変え、ファサードに向かって飛んだ。ゆっくり上昇すると、斜面の上の張り出しに着地した。

かれの行動は、意図とは反対の結果をもたらした。かれがセランの助けを借りて滑りおりようとしたそのとき、アイスクロウは号令を受けたかのように消えてしまった。ほんの一瞬のことだ。うろたえたオコネルは加速して仲間のところにもどってきた。

「そんなばかな！」かれが不平をいった。「これが新しい種類のもてなしなのか？」

「さしあたり、そういうことにしましょう」ニア・セレグリスがさらに前方にある建物を指さした。ふたつのピラミッドがたがいに食いこんでいるように見える。「あそこにいる親切な生命体に訊いてみましょう！」

そのアイスクロウは、かれらに気づいているにちがいなかった。盲目ならべつだが。しかし、そうであれば、ピラミッドの縁で無鉄砲にバランスをとることはできないだろう。

その生命体は両腕で合図し、全身を振り動かした。からだの末端を形成する筋肉質の肉垂で跳びはねている。

四人のギャラクティカーは、明らかに注意を引こうとしている生命体に向かって飛翔した。

「十メートル前方でエネルギー・フィールドがはじまっています」ピココンピュータが伝えた。「よけるのが最善です！」

「わかった」三人の声がした。ピーター・オコネルだけが拒否した。かれは危険を認めず、ほかの三人がわきへよけて飛翔高度を変えたのに対し、まっすぐに飛んだ。

突然、オコネルのセランが壁に衝突したように見えた。かれは空中にとどまったまま一回転すると、加速をつけてなため下へ、左側のピラミッドにある開口部に向かって突進した。オコネルは大仰《おおぎょう》な叫び声をあげ、三人の仲間がかれをおちつかせた。エネルギー・フィールドがしたことは、さほど危険には見えなかった。

アイスクロウは甲高いトランペットの叫びをあげて、消えた。

イルミナはエネルギー・フィールドを迂回してピラミッドの前に着地していた。上方では、ちょうど、オコネルが開口部を通って消え、かれのうしろで開口部が閉まった。ニア・セレグリスと、《バルバロッサ》の重力技術者、ウィンストン・クリフが、イルミナの隣りに着地した。かれらは壁に開口部を探したが、見つからなかった。だが、ニアがからだを押しつけると、壁がたわんだ。卵形の開口部が生じ、なかに入ると、ピラミッドの内寸を再現する大きなホールに行きついた。そこは色とりどりの光で満ちていた。床から五メートルまでの領域はグリーンの光が貫流し、その上には赤い光の層があった。個別の光源は見あたらなかった。ブラックホールの事象の地平線の向こうで見たような、等方性の光だった。ニアは金縛りにあったように立ちつくした。

「この生命体は、われわれの推測以上にブラック・スターロードにかかわっているようね」ニアがささやいた。「ティフも小惑星でアイスクロウに出会ったのかしら?」

かれのことを考えると悲しくなる。彼女は、ティフラーと同行者たちが危難に見舞われていないことを心から願った。

「ピーター、どこなの?」イルミナがたずねた。「聞こえる?」

不明瞭にひずんだ返答が聞こえた。セランがその出所を突きとめると、三人は垂直に飛び、グリーンゾーンとレッドゾーンを抜けてイエローゾーンまで上昇した。そこで、オコネルを、というよりオコネルの一部を、見つけた。

手招きしたアイスクロウは、石工あるいはファサード設計者としても働く重力技術者にちがいなかった。かれはテラナーをエネルギー・フィールドでとらえ、開口部からピラミッドの内部へ運んで、装飾品のように壁にはめこんだのだ。セランの前面だけが壁の素材から突きだしていて、ヘルメット・シールドの奥の顔は、イエローの光のなかで真っ青に見えた。オコネルがにやりとした。

「この距離でよく聞こえるといいんだが」かれがいった。「芸術品として壁に掛かって、自力で抜けだせないのは愉快なものではないよ。リューマチになる前にどうにかしてくれ。空調装置があっても、ここはかなり冷たい！」

かれらはアイスクロウの出現を期待したが、だれもあらわれなかった。そのため分子破壊銃をとりだして、ピーター・オコネルを壁から切りはなした。かれらはピーターをつかむと床まで運び、そこで壁ののこりからかれを自由にした。

「文句をいうつもりはない」ふたたび動けるようになった痩《や》せ型のテラナーがいった。

「しかし、あの連中は芸術や建築がとんでもなく好きと見える」

なにもないところから、じゃがいも袋生命体の一団があらわれてかれらをとりかこみ、大声でわめいた。セランが自動的にスピーカーをオフにするほどだった。イルミナが両腕を突きだした。生命体の一名をつかんで揺さぶろうとしたのだが、虚空をつかんだ。

号令を受けたかのように、アイスクロウは消えていた。セランがヘルメットを開けた。「どうかかれらがテラまで到達しませんように」ニア・セレグリスがいった。「エリコの壁を崩壊させるだけではすまないわ」

この言葉は、かれら全員の内にある傷に触れた。かれらが故郷銀河ではなく、未知の銀河に出てきたことを思いださせたのだ。

「名歌手のサラアム・シインとも遭遇しなければいいが。おそらくかれは世界に絶望するぞ！」ウィンストン・クリフがつけくわえた。「きてくれ！ あそこに開口部ができた！」

かれらは急いで通りに走りでた。見わたすかぎり居住者の姿は見えず、かれらは飛翔をつづけた。

＊

グンドゥラ・ジャマルは、《ペルセウス》の副官を黙らせるのをあきらめた。ボルダー・ダーンの刺すような質問は、彼女の気にさわるばかりか、いらいらさせた。彼女はすこしグループからはなれ、町と港をとりまく、蛇島の鬱蒼《うっそう》たる藪を調査した。セランを使って赤外線領域で探知をおこない、探知した熱画像の輪郭を計測した。ぜんぶで五種類の動物に出会っただけだが、そのうちのひとつは鳥類に属していた。というのも、画像のひとつが森をはなれ、空高く舞いあがるようすを見たからだ。その鳥は紡錘形で、透明な膜状の翼をもち、ほとんど身動きせず空中を滑空していた。

「もっと近くで森を見てみる」そう伝えると、彼女は降下して、頭上をおおう木々の葉のなかに消えたが、それが森の居住者たちを驚かした。彼女のかたわらの木には、毛むくじゃらのなにかがうずくまっており、震える触手で彼女を吟味した。その動物は上に向かって先細りになっており、ピラミッドを思わせるかたちをしていた。グンドゥラが停止してセランで撮影すると、それは突然の赤外線放出にびっくりして、枝から二十メートル下の地面に飛びおりた。うなり声をあげて地面にぶつかると、ゴムボールのように高く跳ねて、大急ぎでわきの藪に姿をくらました。そのさい、眠っていたほかの動物がたたきおこされ、ライオンの群れみたいな咆哮《ほうこう》をあげると、家族を引き連れて逃げだした。それは球に近いかたちをしていて、石灰でできたカタツムリの殻を背負っていた。グンドゥラは思わず、町で見たいくつもの建物を思いうかべた。その小集団を追跡すると、動物は突然停止し、殻のなかに消えた。渦巻き状のものだけが地上から突きだしていた。

「どこです？」ボルダー・ダーンがいった。「お客がきたようです！」

「アイスクロウ？」

「いまさらなにを訊くんです！」ダーンがぶつくさいった。

た。
それで飛翔を制御していた。かれらは横列を組み、海からテラナーをめざして飛んでい
見えたが、およそ二十名の現地人も見えた。現地人たちは裸のからだの前に機器を携え、
《ナシオペア》の船長は森をはなれ、海の方向へ飛翔した。すぐに、前方にグループが

「注意しろ！」鉄のグンディが叫んだ。「いたずらを仕掛けるつもりだ！」

ほとんど同時に、牽引ビームがグループのメンバーたちを捕らえ、水面に押しつけた。

かれらは次々と海に沈み、ふたたびあらわれるまで三十秒はかかっただろう。こんどは
セランが加速され、投げられた小石のように水面高く跳ねあがった。そしてまた沈んだ。

「くたばれ、こんちくしょう」グンドゥラがののしった。「ひどくなるいっぽうだ。おい、袋たち！　いったいどういうふるまいか？」

彼女は武器を出すと、パラライザーに切り替えた。拡散度を〝強〟に設定し、トリガーを引いた。エネルギー波が扇状にひろがって横列を組んだアイスクロウに当たった。

アイスクロウは気にしていない。麻痺ビームはかれらにはなんでもないようだ。グンドゥラ・ジャマルは、ものすごいトランペットのわめき声を得ただけだった。彼女は武器を変更し、次の発射の直前に分子破壊銃に切り替えた。

突然、大騒ぎがやんだ。アイスクロウは消えていた。そして、セランがその所有者たちとともに海から浮かびあがった。

「ようこそ」船長がかれらを迎えた。「まったくここじゃあなたたちだけにしておくわけにはいかないわね。似たような技術を使う本当の敵と遭遇したら、あなたたちどうなってたかしらね？」

かれらは答えずにすんだ。母船から連絡が入り、すぐにほかのことに考えがうつったから。

「こちらはラモン」声が聞こえた。「三機の搭載艇とコンタクトがとれた。かれらは事象の地平線をこえてあらわれた。ムウルダウ＝カウプ上空で観測した船がブラックホールの近くにいて、かれらを曳航している」

6

かれらはその船を〝短剣〟、すなわち〝スティレット〟と名づけた。船は三機の搭載艇を通常の牽引ビームでとらえると、船の外殻につなぎとめた。船内にいるかもしれない乗員とは通信できず、フェルマー・ロイドはフイスキャップの思考から詳細を知ろうと試みていた。

だが、むだだった。アイスクロウはさらわれたことに腹をたて、かれの種族が生まれながらに持っているらしい能力のなかに逃げこんで、思考を完全に混乱させていた。思考プロセスがあまりに早く、多面的で漠然としているため、テレパスは明瞭な言葉をひとつも引きだせなかった。ため息をついて、かれはシートに身を沈めた。

「拘束フィールドをオフにしてよいのでは」ジュリアン・ティフラーにいった。「そうすれば、すこしはおちつくかもしれません！」

事象の地平線をこえるために、搭載艇の自動装置がアイスクロウをフィールドでつつんでいた。アイスクロウに適したシートがないので、予期せぬ現象が起きて重力ジェネレーターで完全に支えることができない場合でも転倒してけがをしないようにするためだった。

地平線をこえるとすぐに、三隻の母船の捜索がはじまった。三隻は淡黄色の星の近くで見つかり、最初の通信が成立した。その星は一・八光年の距離にあり、ふたつの惑星を有していた。それからスティレット型船があらわれ、感動的なほど面倒をみてくれた。そうするうちにスティレット型船が加速してハイパー空間飛行をおこない、第二惑星の軌道まであとわずかとなった。

フェルマー・ロイドは、立ちあがるとアイスクロウの前に進んだ。

「われわれはユエルヘリ」かれが話しはじめた。「きみはアイスクロウ。おたがいに理解を深められるように、いいかげん冷静に考えないか？」

アイスクロウは強情に押し黙って、無意味なことを考えた。フェルマーは手で軽くかれをつつくと、すみにある防御スーツを指さした。

「スーツを着ろ。そうすればここを出てあの船に逃げられる！」

いまだになんの反応もしめさない。フェルマーはかれのすぐそばまで進んだ。

「フイスキャップ！」できるかぎりの大声で叫んだ。「フイスキャップはどこだ？　だれがフイスキャップを知ってる？」

アイスクロウはびっくりしたようすを見せた。筋肉リングのうねりが中断し、おびえたように速度をあげてふたたび動きはじめた。同時に、ほんの一瞬、この生命体の思考が明瞭になり、からだについているトランペットから不快な音がした。

「トラブント！」アイスクロウがつけくわえた。「ユエルヘリ＝トラブント！」

トラブントがなんなのか、この星団のあらゆる神が知っていようとも、フェルマー・ロイドには、その意味を見つけだすことはできなかった。アイスクロウは、およそ意味のある思考をしようとはしなかった。

スティレット型船は惑星の周囲をまわる低い軌道をとり、三機の搭載艇を解放した。三機は惑星のビームに引きつがれ、地表に向かって引っぱられた。地表はグレイで、島をのぞくとあまり魅力的ではなかった。ここにきて母船との通信が障害なく可能となり、かれらはそれまでに起こったおもな出来ごとについて聞くことができた。島は、ギャラクティカーたちによって蛇島と名づけられていた。見たところ、アイスクロウの唯一の居住地らしかった。

搭載艇の乗員は、さらに半時間辛抱してようやく島に到達し、三隻の矢型船の隣りで、しずかに宇宙港に着地した。かれらがおりると、すでに歓迎の一団が待っていた。グンドゥラ・ジャマルが先頭に立ち、芝居がかった身ぶりで両腕をひろげた。

「ムウルダウ＝カウプへようこそ」そういって、みんなを驚かせた。「アイスクロウの種族を代表して、ご挨拶します。どうぞ、われわれのあとについてマスクーマ・アルヴォウまで。そこでならもっとよく話ができます！」

ジュリアン・ティフラーの表情は生まじめさと笑いのあいだで揺れていた。どうとらえてよいか、わからなかったのだ。かれはお遊びにつきあうことにした。

「ユエルヘリはあなたに感謝します！　長い旅のあとで、モイシュをスクロンネンすることに成功しました。恒星ムウルダウが道をしめしてくれ、われわれは惑星ムウルダウ＝カウプにやってきました。この宇宙港と町の名はヘーシル。なにをそんなにぽかんと口を開けているんだい、グンディ？　なにかわからないことがあったかね？　すべてのアイスクロウにかけて！　オクヴァス・イトールはきみとともにあれ！」

《カシオペア》船長が二歩あとずさった。

「悪党め！」と、ささやく。「もう一度いってください。だれから教わりました？　オクヴァス・イトールとはなんです？」

「それはわれわれもまだ知らない」ティフラーが白状する。「われらがトランスレーターはストライキにお入りになった！」

かれはうしろを指さした。そこでは三人の男が、アイスクロウを船底エアロックから押しだそうと苦労していた。アイスクロウは死んだふりをし、さらに重くなっていた。ラス・ツバイが腕組みをしてかたわらに立ち、にやにやしている。かれは、この生命体を船外にテレポーテーションすることを拒否したのだ。テレポーターにもプライドがある。そのかわりに、この生命体の刺激的な色のスーツを運んでいた。

「紹介してもよろしいか？」ジュリアン・ティフラーがたずねた。「アイスクロウのフイスキャップだ」

＊

搭載艇三機の到着はアイスクロウの意に反したものではないはずだが、アイスクロウはだれも姿をあらわさなかった。ジュリアン・ティフラーはすこしだけ待ったあと、部隊を前進させた。かれらは町に入り、建物の調査をはじめた。ヘーシルでは、小惑星のステーションで体験したのと同じ非物質化技術を目《ま》のあたりにした。アイスクロウの干渉からよりよく身を守るため、今回かれらはいっしょに行動した。フェルマー・ロイドは、何度も立ちどまっては、催眠状態といったようすでついてくるフイスキャップに集中した。

「まだなにもない」テレパスはあきらめたようにいった。「精神の混乱が持続的状態にならなければよいのだが」

かれらは二時間ほど町を歩きまわり、大きな機械設備のある建物を発見した。そのあたりには居住用建物もあったが、一連のさまざまな建物は、かれらにとってもっとも不可解だった。それらは床も壁もなく、調度もなかった。ファサードの造形に関してはもっとも精細な装飾を施した建築物に属しているのだが、そのほかにはなにもなかった。これらの家の意味も目的もわからなかった。

ようやく、最初のアイスクロウがあらわれた。かれらはけばけばしいスーツを着ていた。ティフラーからの報告で、この生命体が、すばやく引きこもることができるように安全上の理由からスーツを着ているという、母船乗員の推測が裏づけられた。

「かれらの思考スペクトルを認識できます」フェルマーがいった。「ステーションで聞いたときのフイスキャップと同じように混乱しています。ものすごい恐怖心と強い好奇心が混在している。このやり方ではどうにもならないと思います！」

ティフラーが急に立ちどまった。かれは突然ひらめいた自分の思いつきに大声で笑った。ほかの者はぽかんとしてかれを見ている。

「全員、セランを脱げ」かれがいった。「恐怖を忘れるほど好奇心をかきたてる光景を見せてやろう！」

「なにをするんです？」グンドゥラ・ジャマルがたずねた。

「踊るのさ。ポロネーズを踊って、アイスクロウがどう反応するか見てみよう」

「どうぞお好きに。あなたが最初ですよ、ティフ！」

テラナーはにやりとして防御スーツから抜けだした。かれは両腕を胸の前で組み、ポーズをとった。

「四分の四拍子だ。わたしが歌うメロディに合わせろ！」かれの声が通りじゅうに響いた。

　十秒後には、通りはダンスフロアと化していた。ティフラーのうしろから、男女が跳びはね、大声を張りあげて歌っている。大部分の者にとっては聞いたことのないメロディなので、それ相応にいろんな音が重なった。手足を振り動かし、腹が痛むかのように身をかがめるテラナーもいた。唯一この興行に参加していないのは、フェルマー・ロイドだった。かれはすこしはなれてアイスクロウの隣りに立ち、集中して耳を澄ました。

　最初、アイスクロウは反応しなかった。だが、なにかが変わったことに気づいたようだ。感覚を活性化させ、あらわれた印象を処理している。フェルマーはなにかを感じ、それを親近性の表現と解釈した。突然、フイスキャップのからだが人々と同じリズムで揺れはじめた。フェルマーの目にフェル・ムーンの姿がとまった。カルタン人はそのしなやかさと機敏さを証明していた。地面をけり、ななめにのびる家の壁に向かって跳ぶと、くりだしたかぎ爪を使って勾配が急になるところまで駆けあがった。それから下に滑りおりると、側方倒立で二回転した。踊る人々のなかに消えたと思うと、いきなりアイスクロウの前にあらわれた。

「こんにちは、キノコくん！」かれがインターコスモでささやいた。「きみがわたしのいうことを理解できないのは知ってる。それでも、わたしと力くらべをする気はないかい？」かれはかぎ爪をくりだすとアイスクロウのほうに伸ばした。

「かれをはなせ！」フェルマーがいった。「すべてだいなしにするのか！」

カルタン人は首をすくめると、そこから横に跳んだ。テレパスはふたたびアイスクロウに集中した。

なにもないところから、この洋梨形生命体の仲間があらわれた。かれらはフイスキャップをとりかこみ、高速でしゃべりはじめた。こうなると、かれも集中して同胞のいうことを聞くよりほかなかった。かれの思考が明瞭になり、フェルマーは開いた本を読むように思考を読むことができた。

芸術的に構築された色とりどりの町を見たあとでは、フェルマーにとって、アイスクロウが多くの色とりどりのイメージで考えることは驚きではなくなった。部分的に、色が本来の思考におおいかぶさり、たんに色としてのみ表現される事柄もあって、それらは言葉に分類できなかった。かれは、流れこむ思考の洪水のなかでフイスキャップの思考を見失わないようにつとめた。

そして、ムウルダウがなにを意味するかがわかった。この淡黄色の恒星の名は〝最終目的地〟であり、惑星につく補足語〝カウプ〟は〝グレイ〟といった意味だった。ムウルダウ＝カウプは〝グレイの最終目的地〟ということだ。アイスクロウはこの惑星ではガンマだ、というフイスキャップの言葉は、かれらがここで生まれたのではないことを意味している。かれらはムウルダウ＝カウプに属していない。

フィスキャップは小惑星ステーションでどう考えていたか？　ユエルヘリ＝ガンマ？　死んだスターロードからきた入植者としての異人？　一掃すべき誤解がいくつかあると、ロイドは感じた。

「オクヴァス！」かれはアイスクロウにいった。「オクヴァス・イトール！　いま、それはあるのか？」

セランがすべてを記録している。ロイドだけがセランを脱いでいなかった。

フィスキャップはゆっくりとこうべをめぐらした。赤い複眼がかれを見つめる。それから、フィスキャップは同胞に向かってしゃべりはじめた。ものすごい高音で大声でわめくので、ロイドは耳が聞こえなくならないよう逃げだした。

アイスクロウたちが一歩うしろにさがった。ギャラクティカーたちも踊りを停止した。かれらは立ちどまり、フィスキャップをじっと静観している。フィスキャップがさまざまな事物や動植物を指さしはじめ、それらをかれの言語で呼んだ。同時に、フェルマーが思考イメージをチェックし、短時間のうちに長い言葉の列ができた。こうして、テレパスはマスクーマについて理解した。それはアイスクロウの職掌《しょくしょう》名だ。どこかにホールのような建物、あるいは建物の内部があって、そこに司令センターがあり、アイスクロウの言語で〝マスクーマ・アルヴォォウ〟といった。

　そして、五十に満たない個別の言葉とそれに属する思考イメージから、フェルマーは最初の理解の体系をまとめた。かれが手ぶりで合図すると、フイスキャップが沈黙した。こんどはロイドがそれらの事物すべてをインターコスモで呼び、それからギャラクティカーのほうを向いた。

「われわれは植民世界にいる。〝最終目的地〟という名がしめすように、アイスクロウは最後にここにやってきた。その理由はブラックホールにある。アイスクロウはモイシュ・ブラックホールの切り替え装置の管理者だ。なかでも、輸送路接続の自動切り替えに熟練している。転路係といってもいいかもしれない。だが、かれらにはモイシュでの任務はない。モイシュはスヴェルダイスタ、死んだスターロードだからだ。それについてかれらがなにを正確に理解しているかは、わからない。トランスレーターが使用可能になるまで待つことになるだろう！」

　アイスクロウたちが通り道を開けてやり、フイスキャップが動きだした。からだの下側にある肉垂の動きは、人間の目では追うことができないくらい速かった。

　ティフラーは問いかけるような目をフェルマーに向けた。フェルマーはフイスキャップのうしろについている。

「〝マスクーマ・アルヴォウ〟という言葉に心当たりはないですか？」テレパスがたずねた。

かれらは、母船からのグループが町に入ったときにアイスクロウがそういったことを思いだした。建物の名称だとニアが推測していたが、そのとおりだった。アイスクロウは、正面を構成するファサード部分が絶えず動いているその建物に、かれらを案内した。床の一部がなくなって入口をしめしている。フィスキャップはそれをめざして進んだ。開口部の下までくると、かれは立ちどまり、複眼をかれらのほうに向けた。

「ユエルヘリ・ヴァウデラス！」大声が響き、乗員たちはびくっとした。「マスクーマ・アルヴォウ！」

「ヴァウダン！」フェルマー・ロイドが答え、驚いたアイスクロウの赤い複眼が輝くのを見守った。

「あなたたち異人、きた」フイスキャップがいった。「これが転路係のホールだ！」

「われわれはきた」フェルマーが答えて、フイスキャップを仰天させた。

＊

アイスクロウがかれらを信頼し、ものすごい恐怖から脱したので、テレパスは多くの背景情報を得ることができた。ほかの方法ではけっしてわからなかっただろう。アイスクロウは絶対的に平和を好む種族で、遊び心と創意に富む耽美家だった。同時に、あらゆる種類の技術に感嘆し、それらの技術とかれらの芸術的欲求を統合することをめざしていた。それはとりわけ建築術にあらわれていた。目的と形状がふたつの重要な特徴で、そのうち形状の多くは、自然から直接得たものを手本にしていた。とはいえ、ヘーシルには機能がなく美しさだけの例もあった。多くの建物がその形状のためだけに建てられ、機能はまったく有していなかった。それらはアイスクロウにとって、楽しむためのモニュメント、あるいは遊び道具だった。

ひとつきわだっているのは、かれらが、感覚器官である毛の房で編んだ冠にいたるまで、遊び好きだということだ。

テラナーは一団となって、フイスキャップについて建物に入った。そのほかのアイスクロウはそこでいなくなった。

建物の内部は巨大なドームからなり、そのうしろ半分はいくつもの平面に細分されていた。それらの平面は色とりどりの欄干《らんかん》によって裂け目からへだてられ、そこでこの生命体の群れが跳ねまわっていた。かれらは黙って異人を眺めた。フイスキャップがこれらの平面のすぐ下にある場所をめざした。そこでは、四十以上の座席群が床から形成された。ギャラクティカー全員がすわることができる充分な場所だ。アイスクロウたちがかれらの周囲にならんだ。

「ルバク！」フイスキャップが声を震わせた。「ルバク・ヴァウダル！」

みんながフェルマー・ロイドを見た。かれは目を閉じてすわっている。

「首席の転路係があらわれる」かれがささやいた。「かれの名はルバク！」なにもないところから、一名のアイスクロウがあらわれた。からだの表面をオレンジ色の帯で飾っているところが同胞たちと異なっている。かれは座席のちょうどまんなかまできて、ギャラクティカーを順に見まわした。

　これまでにいくつかの基本表現を学んだフェルマーが大声でいった。

「ヴォルシェ・ユエルヘリ・ガンマ！　異人は入植者ではない！」

「ヴォルシェ？」首席転路係がどなりかえした。「スヴェルダイスタ・ヴォルシェ？」

　ジュリアン・ティフラーが立ちあがった。

「そろそろ、トランスレーターが会話に使える充分なデータを捕捉したと思う」ティフラーがいった。「スイッチを入れろ！」

「実際には誤解ともいえないような誤解がある」《ペルセウス》の指揮官が語りはじめた。「きみたちはびっくりして、われわれがスヴェルダイスタ、死んだスターロードからきたことを信じようとしない。説明はかんたんだ。その道は死んでいない。使用可能だ。すくなくともわれわれが使用した！」

「それでもありえない」ルバクの返答をトランスレーターが翻訳した。「その道は過去に一度も使われたことがない。あれば知っているはずだ。遠距離インパルスによって転路機が作動し、三隻の未知の船があらわれたと気づいたときは、パニックになった。われわれはすぐに、モイシュのステーションに偵察員を送った。かれには、到着者全員を通常宇宙に輸送し、かれらとともにムウルダウ＝カウプまで飛行する任務を託した。同時に、フイスキャップは装置を点検することになっていた。エラーは見つからなかった。われわれは本当に混乱した」

「それは、ブラック・スターロードが、モイシュからはまだ使われたことがないという意味か？」

「聞いていただろう、異人よ。きみたちがスターロードを使ったはずがない。しかし、われわれの好奇心はさほど重要ではない。ほかの者がきみたちを要求している。われわれはその命令にしたがわなければならない！」

「ほかの者とはだれか？」

「ときがくればわかるだろう！」

ティフラーは目の端で、フェルマーがトランスレーターを切るよう合図したのをとらえた。

「かれらは第二の転路係にすぎません」テレパスがいった。「かれらの任務範囲には、すべてのロボット制御のブラックホール・ステーションの整備しかふくまれていない。はるかに責任のある任務がヴァアスレ人に割りあてられていることを認めたくないのです。ヴァアスレ人が第一の転路係で、個別制御の転路機を操作しています」

ティフラーはわずかにうなずくと、ふたたびルバクのほうを向いて、トランスレーターのスイッチを入れた。

「第一の転路係のことは知っている」かれがいった。「かれらはヴァアスレ人と呼ばれている！　どこで会える？」

ルバクが消えた。そのとき、かれの背中にちいさな機器があり、それでフィクティヴ転送機を作動させたのが見えた。

「かれを驚かせてしまいましたね、ティフ」フェルマーがフイスキャップを指さした。

「フイスキャップにたずねてください。かれが情報をくれるかもしれない！」

フイスキャップは怒った音を立てていた。ゴムタイヤがきしむような音だ。

「ヴァアスレ人は〝メイスセル〟だ」そして、世界じゅうでもっとも自明のことであるかのように説明した。「かれらには美に対するセンスがない。尊大で無味乾燥だ。かれらがユエルヘリを要求した。だからきみたちを送りとどける。かれらはほかのどこにもいないくらい現実主義者だ。ヴァアスレ人にはとにかく胸が悪くなる！　ルバクがもどってきた。かれについて星図のところへ行け！」

かれらは立ちあがり、ホールの左側に向かった。そこには巨大なホログラフィーが輝いており、多数の銀河といくつもの銀河群をしめしていた。そのうちのひとつがグリーンで強調され、その近くに同じくグリーンの球状星団があった。

「これがネイスクールだ」ルバクがいった。「ブラック・スターロードは、この銀河だけでなく、ほかの多くの銀河にも密なネットワークを形成している。とはいえ、それがどこにでも達するわけではない。モイシュ・ステーションにとどいた作動化インパルスの出所となった領域には、ブラック・スターロードはない。銀河群のあいだの大きなすきまが見えるか？　きみたちはそこからきた。そのどこかにきみたちの故郷がある。だが、そこからくるはずがない。そこにはきみたちを輸送できるものはなにもないのだから」

「しかし、われわれはここにいる。われわれの存在がその証拠だ！」

「トラブント！」ルバクがどなりつけた。「やかましい！　インパルスは外からの作用によって模造されたものだ。本当はどこからきた？　きみたちの故郷銀河をこのホログラフィーで特定できるのか？」

それはできなかった。アイスクロウの星図に局部銀河群が存在しないことへの説明もつかなかった。スターロードとして使ったブラックホールはそこにあるというのに。

ルバクがホールの中央へと遠ざかった。「もう行け。目的地まで連れていく。ヴァアスレ人が待っている！」

＊

かれらは三機の搭載艇に押しこまれて、母船にもどった。フイスキャップだけが同行し、《ペルセウス》に乗船した。乗員が興味津々で迎えたので、フイスキャップはふたたび不快に感じ、最初にフェルマーが体験したような態度になった。

「ネイスクールは特定してあります」ヴァンダ・タグリアが指揮官を迎えていった。

「NGC7331銀河です。球状星団は銀河の中心から四万五千光年はなれています。星位の予測最終値算出から、われわれは時間跳躍をしなかったことがわかりました。つまり、われわれは現在にいて、きょうは三月三十一日です！」

三隻の船の近くでは、六隻のちいさな〝矢〟と、四隻のスティレット型船が飛行していた。このうちの一隻が、次の目的地まで船団に同行する。

ティフラーがフイスキャップに手招きした。

「まだいくつか質問がある」ティフラーがいった。「転路係なら答えられるにちがいない。カンタロについてなにか聞いたことはあるか？　かれらはブラックホールにステーションを所有している。小惑星の施設と同じ機能をもつステーションだ」

「それはありえない」アイスクロウが答えた。「カンタロという名は聞いたことがない。未知のステーションもない。それは存在しえない！」

「もちろんだ。それはきみたちの星図と矛盾する。だが、銀河系のことを一度も聞いたことがないのか？」ティフラーが銀河系の座標を告げたが、フイスキャップはそれをさえぎった。

「そのことに費《つい》やす時間はない、異人よ。きみたちの故郷銀河がわれわれとなんの関係がある。だから黙れ。きみたちがやってきたと主張しているところにはなにもない、ブラックホールすらない！」

かれは考えを変えなかった。さいわいなことに、トランスレーターはラス・ツバイが押しだすようにいった言葉を翻訳しなかった。

「おろか者め！」アフロテラナーは、そう文句をいった。

フェルマー・ロイドがつけくわえた。「実際、かれらはそう信じています。おまけに、わたしがテレパスであることに、かれも気づいたようです。思考が堂々めぐりしていて、なにも読みとれない」

それももう必要ではなかった。トランスレーターは、アイスクロウがネイスカムと呼ぶ、ネイスクール銀河ではインターコスモと同等と思われる言語を完全に使いこなせるようになっていた。

スティレット型船から、スタート準備がととのったと連絡が入った。今回は画像通信もあり、アイスクロウのうちの一名がうつっていたが、外見からそれぞれを見わけるのはむずかしかった。

「それでは、フイスキャップ」ティフがいった。「きみの幸運を祈る！」

「もちろんだ。ユエルヘリはいつも厄介だ」この生命体がいった。「さいわい、モイシュは死んだスターロードだ。そこからはなにもこられない！」

その言葉とともにかれは消えた。三隻は航行を開始し、ムウルダウ＝カウプをまわる軌道をはなれた。千メートルの長さのスティレット型船がネイスクール銀河の外縁へと進路をとり、三隻はそれにしたがった。アイスクロウが伝えたように、そこにマウルーダ星系がある。

＊

もちろん、ブラック・スターロードを介せば旅はもっと早く進行しただろう。しかし、モイシュ・ステーションは袋小路と見なされ、使用不能だった。そのため、いわば〝徒歩〟で進んだ。

《カシオペア》では、ティリィ・チュンズが人気《ひとけ》のない船の片すみに引っこんで、ブラックホール讃歌に着手していた。やかましすぎるシントロニクスと協力して歌詞を書き、ひどい音のシンセサイザーを使った。なにかすばらしいものができあがるはずだった。ほかの乗員たちは、この一隅《いちぐう》を大きく迂回していた。

船医のひとりであるピーター・セント・ジェームズが、偶然と称して、自動キッチンの近くにある作業室に入ってきた。そこでは、ガリバー・スモッグがじゃがいもの皮むきをしている。スモッグは石のような表情でピーターを見ると、訴えるように合成じゃがいもをかかげた。じゃがいもには皮があった。

「じゃがいもを皮つきでつくるように機械をプログラミングしたのはどこのどいつだ？」

「だれでもないよ」ジェームズが小声でいった。そのときようやく、スモッグは医師の疲れきったようすに気づいた。「皮はあとからつけたんだよ。それが、グンディのわたしへの懲罰課題だった。さっきようやく終わったんだ！」

かれがわきへよけると、じゃがいもの入った桶があとにのこった。ピーター・セント・ジェームズがキャビンから逃げさり、ガリバー・スモッグはうしろから悪態をついた。

スターゲートの管理者

クルト・マール

登場人物

ジュリアン・ティフラー……《ペルセウス》指揮官
ボルダー・ダーン……………同副官
ニア・セレグリス……………同乗員。ティフラーのパートナー
ヴァンダ・タグリア…………同探知チーフ
グンドゥラ・ジャマル………《カシオペア》船長
ガリバー・スモッグ…………同乗員。異生物学者。砲手
ティリィ・チュンズ…………同乗員。ブルー族
ヘイダ・ミンストラル………《バルバロッサ》船長
フェル・ムーン………………同乗員。カルタン人
アクール………………………ヴァアスレ人代表団のリーダー
ポンティマ・スクド…………スターロードの管理者。クテネクサー人

1

ジュリアン・ティフラーは、監視されていることに気づいていた。目の端でその動きをとらえる。なにかが、石のテーブルの縁で伸びあがり、好奇の目でかれを見ている。ティフラーはなにも気づいていないふりをした。

ティフラーの隣りの男は、興味深げに周囲を見ている。五十歳になるかならずで、恰幅がよい。かなりの肥満体だ。真っ赤な縮れ毛は長いこと櫛を通していない。ひどく赤らんだ頬の上で、グレイがかったブルーの両目が知ったふうに世界をうかがっていた。口はちいさく、半開きの唇からハムスターのような二列の歯がのぞいていた。

あたりはシェングリ・アラナアル、〝品位ある休養場所〟のしずかなざわめきに満ちていた。輝く球状の大きな部屋は円形劇場に似ている。中心部のまわりにテラスのようにならぶ階上席には、自動給仕機をそなえ、石づくりのベンチでかこまれたずっしりしたテーブルがある。日没前の二時間、ヴェイスカルーラの町の住民は無為に身をゆだねる。その日の疲れを癒し、〝アイチ〟か〝サンダング〟、あるいはちいさなグラス一杯の〝テイク〟を飲み、〝イエゴング植物〟の薫煙《くんえん》を吸入する。その香りは、ティフラーの嗅覚にはセロリとバニラの混合物のように感じられた。いたるところでたいらな香炉から青い煙が立ちのぼり、薄い靄《もや》となって、明るい丸天井の下に漂っていた。テーブルの半分ほどがふさがっていた。訪れているのはたいてい現地人のヴァアスレ人で、幅広の石ベンチの上でなかば横たわり、なかばすわった姿勢でくつろぎながら、色とりどりの扇でイエゴングの薫煙を自分に送っていた。よそからきた者、ふたりのテラナーが名前を知らない種族の者たちもいた。惑星カアリクスはネイスクール銀河の文明世界の輪のなかでもっとも重要な惑星のひとつだった。近隣からも遠方からもほかの種族の者が流れこんできて、ヴァアスレ人の高度な文化に刺激を受けたり、商売をしたりしている。ヴェイスカルーラは二十余りの恒星系をふくむ星間帝国の商業センターだった。

アイチとサンダング、そしてとくにテイクは、人を酔わせる飲み物だ。イエゴング植物の煙にも、ある種の麻酔性があるといわれていた。ほかの世界では、こうした場所は騒々しくやりたい放題になるだろうが、カアリクスではちがった。品位と優雅さ、それがヴァアスレ人にとって、文明化されていることをあらわす言葉だった。テーブルでの会話はおさえた声で交わされる。会話をしたくない者は、部屋の中央にある円の上のホログラム映像でくりひろげられる、色とりどりのフィクティヴ画像の動きを見ていた。

ジュリアン・ティフラーとボルダー・ダーンはサンダングを二杯注文した。サンダングは軽めの発泡性アルコール飲料で、土と果実の香りがした。購入代金は口座から支払われる。口座は、テラナーがいくつかの貴重品を引きわたすと、ホストが進んで新設してくれた。

周囲を見まわしたジュリアン・ティフラーは、かれらのテーブルが、こっそりとではあるものの、特別に注目されていることに気づいた。かれが出会う視線は好奇心をあらわにしていたが、ある種の畏敬も感じられた。もちろん、まちがいかもしれない。ヴァアスレ人の表情についてはまだすこししか知らないし、多くの異人の表情はまったく不可解なものだから。スターロードからはずれた地域からきたと主張している宇宙飛行士の到来は、当然ながらヴェイスカルーラじゅうにひろまっているので、現地人の好奇心は理解できる。しかし、ティフラーとボルダーのいるテーブルのまわりの席はあいたままだ。あえて異人に近づこうとする者はいなかった。

「魅惑的ですな」ボルダー・ダーンはそういうと、グラスをぐっと飲みほした。「われわれはぽかんとしてただ見つめられている。どう思われているのでしょう？」

「おそらく、なぜきみがそんなに早く飲むのか理解できないのだよ」ティフラーがからかった。かれらはテラ語で話していた。ティフラーはすこし前にかがむと、おさえた声でつづけた。「われわれに興味があるのは周囲の客だけじゃない。目立つ動きをするな。右側から監視されている」

ボルダー・ダーンはなにやらうなりながら、きちんとすわりなおすふりをして、テーブルの右の縁に視線をはしらせた。

「あれはなんです?」ダーンがつぶやいた。「ミミズ?」

ミミズにしては大きすぎる、とティフラーは思った。その奇妙な生物は、鶏卵のような大きさと形状の頭を持っていた。淡紅色のまん丸なふたつの目が、じっとテラナーを見つめている。口と鼻は確認できなかった。細くて柔軟な首の上に頭がのっていて、頭と首は暗いグレイの鱗《うろこ》のある皮膚でおおわれている。からだののこりの部分はテーブル天板の下にかくれていた。ジュリアン・ティフラーは赤い目の油断のない視線に当惑した。知性のない動物のようにも思えたが、かれを見つめるそのようすからは、ある程度の知性が感じられた。

「パッサの蛇の小型版ですな」ボルダー・ダーンがいった。

ジュリアン・ティフラーは、グラスをつかもうとするようにテーブルの上でさりげなく腕を伸ばした。そこから電光石火で手を前に突きだしたが、赤い目の生物のほうが早かった。それは細く甲高《かんだか》い声をあげると、テーブル天板の下に消えた。ティフラーが飛びあがった。テーブルの下からグレイの球が出てきて、すばやく転がるのが見えた。その球はいちばん近くのテラス階に飛びおりた。あとを追いたかったが、球の動きがあまりに早く、追いつく見こみはなかった。かれはテーブルにもどった。近くにすわっている客たちは、このつかのまの出来ごとを注意深く見守っていたが、ティフラーが周囲を見まわすと、視線を落として興味のないふりをした。

ティフラーは石のベンチにすわると、グラスを口にした。

「奇妙なことです」ボルダー・ダーンが気づかわしげにいった。「アクールと話すべきでしょう」

*

アクールはかれらの種族の特徴的な個体だった。三メートルの大きさで、弱々しげに見えるほどほっそりとして、まぎれもない節足種族の特徴をそなえていた。縦長の頭はテラのバッタを思わせた。真っ赤な色の単一の大きな複眼が顔を特徴づけている。頭頂からは、細い感知毛におおわれた二本の触角が伸びている。幅のひろい口は、大きく前方に突きだした頭の下側部分にめりこんでいた。二対の腕があり、下の一対は退化しているように見えた。腕の先端はふたつの部分からなるはさみ状の手になっている。四つの部分からなる長くて細い二本の足が、胴体から力強く張りだした臀部《でんぶ》の左右に突きだしていて、絶えず動いていた。アクールは一秒たりともじっとしておらず、興奮した細かい足どりでステップを踏むように、訪問者の前を行ったりきたりする。そのとき、はだしの二本指の足が硬い床張りの上でかちかちとせわしげな音を立てる。からだはキチンに似た黒い物質からなる外骨格におおわれている。衣服はパステルブルーで、何重にもからだに巻きつけられた一枚の幅広の布からなっていた。

ジュリアン・ティフラーとボルダー・ダーンは報告をした。トランスレーターがかれらの言葉を、甲高く鳴くような音声でヴァアスレ訛《なま》りの共通語ネイスカムに翻訳する。アクールは慌ただしく興奮した騒音を立てながら答え、トランスレーターがインターコスモに翻訳した。

「だれもあなたたちをスパイなどしません。報告はまったく信じられない。そのような出来ごとはこれまで聞いたことがない」

アクールは、ジュリアン・ティフラーや同行者たちと同じ建物に宿泊するヴァアスレ人代表団のリーダーをつとめ、異人との予備折衝をおこなうことになっていた。ティフラーは二十時間前にカアリクスに着陸して以来、なぜ、よりによってこのアクールがヴァアスレ人側の責任者に選ばれたのか、と何度も自問していた。アクールには外交的手腕の片鱗もなかった。かれは、《ペルセウス》、《カシオペア》、《バルバロッサ》の三隻の出自に関するティフラーの証言を信じていないことをかくそうとしなかった。ことあるごとに、ジュリアン・ティフラーとほかの派遣団メンバーを信頼できないとしてなじっていた。アクールの絶え間ないステップは、個人の癖ではなくすべてのヴァアスレ人の特徴的しぐさではあるのだが、かれとかかわりあうあらゆる者をいらいらさせた。

「見たことを忘れろとはいわないだろうな」ジュリアン・ティフラーはどうにか平静をよそおっていった。かれは〝品位ある休養場所〟で見た生物の描写をくりかえし、「きわめて奇妙な生物だった」と、つけくわえた。「最初は蛇のような姿であらわれたのに、逃げるときは球のかたちになっていた」

「そんな生物がカアリクスにいれば、知らないはずがありません」アクールがいった。

そこでジュリアン・ティフラーの怒りが爆発した。

「いいかたに気をつけろ！」ヴァアスレ人をどなりつけた。「わたしを嘘つき呼ばわりするなら、その口を黙らせてやる」

アクールはびっくりしてうしろにさがった。暴力に訴えるという脅しは、かれにとっては信じられないものだ。それは品位のルールと冷静さの原理に反する。かれは声をかぎりに抗議したが、驚きのあまり、口から出るのはトランスレーターも翻訳できない支離滅裂な言葉ばかりだった。ティフラーとダーンは背を向けた。かれらが反重力シャフトに揺られて、異郷の来訪者のために予約された建物の上階へと向かうときも、まだアクールの金切り声が聞こえた。

ジュリアン・ティフラーの居所はふた部屋からなり、ヴァアスレ人の地でできるかぎり、テラふうにしつらえられていた。健康をたもつためのちいさな自動キッチンは《ペルセウス》から運ばれたもので、人類の代謝にとって危険のない物質を調理していた。ティフラーはささやかな食事を用意し、さして食欲もなく食べているあいだ、思いをめぐらせていた。

三週間前、かれは惑星フェニックスから出発した。三隻の宇宙船とともに、シラグサ・ブラックホールを通って、故郷銀河の内部にいたる道を、つまりクロノパルス壁によって閉鎖されていない道を見つけようとした。《ペルセウス》、《カシオペア》、《バルバロッサ》の船載コンピュータは、おもにイホ・トロトの体験談からもたらされたブラック・スターロードのネットワークに関するすべての情報を持っていた。船載コンピュータに保存されたデータには、とりわけ、M－87から故郷銀河への旅のあいだにハルト人が記録したふたつのパルスシーケンスがふくまれていた。ひとつめのパルスシーケンスは、いわゆる放出インパルスあるいは遷移インパルスだった。それは制御ステーションを動かし、ブラック・スターロードを介して、受け手となるほかのブラックホールへと船を搬送する。もうひとつは、転送インパルスで、ブラックホール内部の制御ステーションに指示して、輸送すべき物体を事象の地平線をこえて通常宇宙に移行させる。

ティフラーの遠征はまったく計画どおりにいかなかった。シラグサ・ブラックホールの事象の地平線の下にあるカンタロの制御ステーションを詳細に調査したかったのだが、ステーションに飛行することは不可能だとわかった。そのかわりに、三隻は特異点の重力の渦に引きこまれ、未知の受け手ブラックホールに輸送された。ブラックホールの内部のステーションと外部の惑星上でいくつかの危険な冒険をへたあと、非ヒューマノイド種族アイスクロウと接触した。アイスクロウはブラック・スターロードの転路係だと名乗った。かれらは、《ペルセウス》、《カシオペア》、《バルバロッサ》があらわれたブラックホールを〝モイショウ〟と呼び、〝スヴェルダイスタ〟、すなわち死んだスターロードの出口だと信じていた。そのため、モイシュ・ブラックホールへの三隻の異人船の到来は、アイスクロウにとって説明のつかない大事件だった。

だが、驚きのあまりぽかんと口を開けていたのは転路係だけではなかった。《ペルセウス》と二隻の同行船も、状況を把握するのにすくなからぬ労を要した。アイスクロウの植民世界は、巨大な銀河の前方に位置する球状星団にあった。その銀河は故郷銀河とよく似ていたが、同一ではなかった。光学的および遠距離探知データを評価した結果は衝撃的だった。アイスクロウがネイスクールと呼ぶ未知の銀河は、ペガサス座の一部にあるNGC7331にほかならなかった。ネイスクールは故郷銀河から五千万光年はなれているのだ！

アイスクロウとの情報交換は満足のいくものではなかった。かれらはみずからをブラック・スターロードの転路係と称した。ジュリアン・ティフラーと仲間たちがこれまでに得た知識では、すべてがカンタロの手中にあったのだが、アイスクロウは、カンタロのことは聞いたことがないといった。ティフラーたち異人が、スターロードがまったくないはずの地域からやってきたと主張するので、アイスクロウは困惑した。そして最終的には、自分たちが第二の転路係にすぎないことを認めた。輸送路の本来の操作者、いわば第一の転路係は、ヴァアスレ人という高度に文明化された種族で、ネイスクール銀河の辺境に故郷を持ち、異人に会いたがっていた。

アイスクロウは、スティレット型宇宙船で異人を送っていった。球状星団からヴァアスレ人が所有するマウルーダ星系までの距離は二万光年。ブラック・スターロードを介した旅ならはるかに早く進行しただろう。しかし、アイスクロウの故郷世界の近傍にあるのはモイシュ・ブラックホールだけで、それは使用不能のスヴェルダイスタだった。

マウルーダ星系への飛行では、とくに《ペルセウス》幹部が重要視する通常空間への復帰航程をくりかえして、半標準日を要した。ジュリアン・ティフラーと仲間たちには、この任務の矛盾点について考える恰好の機会となった。そのあいだに、ハイパーエネルギーによる遠距離探知により、故郷銀河が、かれらの移動量から推定して一一四四年三月にあるはずのまさにその場所にあることが明白になった。つまり、シラグサからモイシュへの飛行に長くはかからなかったということだ。距離は五千万光年なのに。数百年前のイホ・トロトの旅とのなんという対比！　M‐87から故郷銀河までの距離は四千万光年だが、ハルト人とその同行者たちは二百年近くの客観的時間をスターロードの真っ暗な航路ですごしたのだ。宇宙船がブラック・スターロードで前進する速度は、送り手ブラックホールの質量と制御ステーションのある種の特性に依存することがわかっている。しかし、ここに、かんたんに説明のつかない大きな矛盾がある。明らかなのは、ブラック・スターロードについてすべてを知っているとはとてもいえないということ。

フェルマー・ロイドがいつものやり方で職務をつかさどることができたら、ことはもっとかんたんだったかもしれない。探知係でテレパスのかれは、コミュニケーションをとれない、あるいはとろうとしない者の思考を読むことで、謎に満ちた事柄を究明することに熟練している。だが、アイスクロウの場合はうまくいかなかった。第二の転路係は心をかくす達人だった。かれらは、フェルマー・ロイドにとって容易に認識できる意識の前面には無意味なことを押しだし、本当の関心事はそのうしろにかくしていた。ミュータントは、ときおり明確な思考のかけらをキャッチできるだけだったが、そうした機会をもとに、アイスクロウがその主張のとおり、実際にとほうに暮れていると認識するようになった。

ヴァアスレ人は友好的に異人を迎えた。アイスクロウの船と同じスティレット型宇宙船が、マウルーダ星系の境界のはるか手前で四隻を待っていた。アイスクロウは引きかえし、ヴァアスレ人が《ペルセウス》、《カシオペア》、《バルバロッサ》に同行してカアリクスに向かった。マウルーダ星系の恒星はスペクトル型G1のソルに似た星だった。五つの惑星を有し、カアリクスはそのうちの内側から二番めだった。ヴァアスレ人は迎えた客に対し、三隻の宇宙船を軌道にとどめ、スペースフェリーで惑星表面へおろす派遣団を編成するようもとめた。ジュリアン・ティフラーは、十二人の同行者を選ぶにあたり、三隻すべての乗員の意見が充分代弁されるように気を配った。それは《バルバロッサ》の乗員に関してとくに重要だった。非テラナーの自由商人から構成される乗員からは、これまでもいくつかの面倒が持ちあがっていた。自由商人たちは、アイスクロウに対するティフラーのやり方に承服せず、さらなるきびしさ、充分に装備された三隻の力を行使することをもとめた。アイスクロウがブラック・スターロードの秘密を自分から白状しないなら、そうするように強要すべきだとの見解だった。《バルバロッサ》乗員のなかでも、フェル・ムーンというハンガイ＝カルタン人がとくに強硬だった。かれは遠征隊上層部の交代が必要だと何度もほのめかした。まさにこの理由から、ジュリアン・ティフラーはかれを同行者にくわえたのだ。ティフラーがカアリクスでヴァアスレ人と交渉しているあいだに軌道で騒動を起こすような者は不要だった。

マウルーダ星系から一・二光年のところに巨大なブラックホールがあると聞いても、驚きはなかった。ヴァアスレ船の船長は、その情報を進んで提供してくれた。ネイスクール銀河の共通語ネイスカムでは、そのブラックホールの名はボウスホルといった。

〝スヴェルダイスタ〟ではなく〝ラージムスカ〟、いくつものスターロードへのアクセスを提供する、まさしく機能しているブラックホールだ。

惑星カアリクスは温暖で、地球に似た世界だった。首都ヴェイスカルーラの眺めに、異郷からの訪問者は息をのんだ。ヴァアスレ人の生活の理想は、美と効率の調和、形状と目的の一致。その考え方を町の造形が証明していた。建物は規則的にのびる結晶の形状で、そのファサードは、さまざまなパステル調の色を帯びた半透明の物質でおおわれていた。それは恒星の光のなかできらめき、目を痛くさせる。進入路も色彩をもちいて標識され、あらゆる方面から、くすんだグリーンや、淡青色や、淡紅色の車道や着陸床がこの巨大な町に向かっていた。ひと目見たかぎりでは、ヴェイスカルーラは非常に圧倒的だったが、すくなくともテラの好みからいえば、度をこしていた。これほど多くの輝く色彩は、結局人を疲れさせる。

ジュリアン・ティフラーと同行者たちはヴァアスレ人の政府代表団に迎えられた。そのなかにアクールもいた。来訪者は町の中心部近くにある建物に宿泊することになり、いくつかの階が提供された。かれらの習慣や好みに合った家具や技術機器を調達するのはひと苦労だったが、食糧の供給は問題なかった。自分たちの宇宙船から重要な基本物質を持ちこんでいたし、かれらの代謝機能で危険なく消化できるヴァアスレ人の食品も数多くあった。

ヴァアスレ人がかれらにしめす関心は尋常でなく、ティフラーは、ブラック・スターロードの秘密や、スターロードのネットワークとカンタロのつながりをようやく聞けると期待した。とはいえ、さしあたっての相手はアクールだ。アクールは客の世話役が不満らしく、理解しがたい尊大さをあらわにしていた。辛抱が必要らしい。情報は望むようには入ってこないものだ。

今晩の出来ごとには驚いたが、どの程度重要だと見なすべきなのか、わからなかった。〝品位ある休養場所〟でかれとボルダー・ダーンに向けられた、畏敬の念をこめた好奇心も不可解だった。ネイスクールの住民はすでにテラナーについて聞いているのか、あるいはほかのヒューマノイド種族ととりちがえているのか？　スパイしていたのはだれなのか？　どうやらアクールは本当に、ダーンとティフラーが関心を引くために話をでっちあげたと信じこんでいるようだ。スパイの依頼者は、おそらくヴァアスレ人とは関係ないのだろう。尋常でない情報収集のやり方からすると、最初は姿をかくしたままでいるつもりらしい。

思いにふけりながら、ジュリアン・ティフラーは大きな窓から、頭がおかしくなりそうなほどにきらめく、夜の町の光の海を見やった。考えに夢中で、からのフォークを何度も口に運んでいることにも気づかなかった。

インターカムの明るい音がして、ようやくわれにかえった。通信の分野ではヴァアスレ人はすこし遅れていた。固定式にとりつけられた画像機器を使っている。居室の側壁を飾る大きなスクリーンにアクールの弱々しい姿がうつった。

「客人です」ヴァアスレ人がいった。かれの言葉はインターカムに組みこまれたトランスレーターで直接翻訳される。「四名の異人が話したいそうです」

ティフラーは驚いた。

「なんの用だ？」

「訪問の理由は聞いてません」アクールは高飛車に答えた。「会いますか、会いませんか？」

「会おう」ジュリアン・ティフラーがいった。

アクールの画像がうすれるやいなや、ティフラーはフェルマー・ロイドの呼びだしコードを押した。

ミュータントはすぐに応答した。

「きてくれ」と、ティフラー。「われわれに会いたいという者がいる。今回はきみの思考読みとりがうまくいくかもしれない」

＊

最初、ジュリアン・ティフラーは、異人四名のうち三名をできそこないのヴァアスレ人かと思うところだった。ヴァアスレ人と同じく節足種族だが、よりちいさく、ずんぐりしていて、下側の腕の対もなかった。しかし、かれらのふるまい、とくに力強い声とネイスカムの独特の発音から、独立した種族の代表者だと確信した。

だが、第四の客については謎だった。昆虫に似た三名は歩いて入ってきたが、その同行者は、床から半メートル上を動く正方形の反重力プラットフォームにのっている。無定形という言葉に新しい意味をくわえるような姿。型から出すのが早すぎて半分流れたプディングのようだった。その暗褐色の物質はつねに動いていて、いまにも流れでそうだった。識別できる身体部分や器官はなく、いまにもプラットフォームの縁から流れでそうだった。搬送装置の水平面から六十センチメートル上に伸びる円錐形に似た、そうでなければ、ゼラチンのような塊りだった。

そこへフェルマー・ロイドが到着した。ジュリアン・ティフラーが問いかけるようにかれを見ると、かすかに首を振って応答し、わずかに肩をすくめた。来訪者の思考からなにも読みとれなかったのだ。すくなくともさしあたりは。

異人のスポークスマンは、なみはずれて長く伸びた骨太の頭を持つ、二メートルほどの生命体だった。大きく張りだした口のすぐ上にある軟骨のような瘤《こぶ》のまんなかに、赤い複眼があった。

「ポンティマ・スクドと呼ばれています」トランスレーターがかれの言葉を翻訳した。

「同行者とわたしは、〝クテネクサー〟という種族に属しています。かれらの名は……」そういいながら、はさみ状の右手で、まず隣りの、それからもう一方の同胞をしめした。「アルゲイブン・ヌグードとバラクン・ツェカムです。われわれがきたのは、あなたたちの知識を……」

「失礼だが」ジュリアン・ティフラーが割ってはいった。「そこでプラットフォームにすわっているのがだれか、教えてほしい」

このたのみに、長頭の主は驚いたようだった。すこし困惑したようすで反重力プラットフォームのほうを見て、それから答えた。

「かれのことはお気になさらず。オクロノシュと呼んでいます。われわれの周囲で起きたことを記録しています。なにかを忘れたときに、オクロノシュにたずねるのです。すべてを記憶していますから」

「とても役にたつ装置だな」ティフラーが賞讃した。「オクロノシュはある種族に属するのか、あるいは……」

「培養種です」ポンティマ・スクドが急いでいった。「オクロノシュのようなものは、適当な遺伝材料から人工的に育てます」

「なるほど」ティフラーが見つめるあいだ、オクロノシュは身体物質がプラットフォームの縁から流れでないよう必死に努力していた。「オクロノシュはこれから交わす会話も記録するということか？」

「ええ、それがかれの仕事です」ポンティマ・スクドが認めた。

さらにいくつかの形式的やりとりがつづき、ティフラーは自分とフェルマー・ロイドの名を告げた。ふたりがテラという名の世界からきたことを伝え、テラが〝天の川〟という遠くはなれた銀河にあることを説明した。ポンティマ・スクドの反応からすると、カアリクスの宇宙港に到着したときにティフラーがおこなった説明を知っているようだ。

客に席を勧めたが、テラの習慣に合わせて集められた家具はかれらには快適ではなく、かれらは床にすわった。オクロノシュの反重力プラットフォームは、変わらず半メートルの高さに浮かんでいる。

「知識といったな」ティフラーが、すこし前に中断した話にもどった。「われわれから知識を得られるといって、われわれをおだてていい気にさせるつもりか」

「でもたしかに、あなたたちの知識はわれわれよりずっと多い。われわれが名前すらつけていないほど遠くはなれた銀河からきたのですから」と、ポンティマ・スクド。「目録には記載がありますが、記号だけです。宇宙のあの領域にはスターロードがないのですから、そこからきた生命体に会えるとは思っていませんでした」

かれは、アイスクロウやアクールと同様にティフラーたちの出自に関する証言をほとんど信じていないと、口に出していうことはなかった。しかし、態度は明らかにそうだった。天の川などという銀河からはだれもくるはずがない。そこにはブラック・スターロードはないのだから。この点では、ネイスクール銀河の住民はなにもわかっていない。

「あなたたちが関心をいだいていることはなんでも話そう」ジュリアン・ティフラーがいった。「ただし、こちらにも、ぜひ詳細を訊きたいと思っている事柄がある」

「どんなことです？」ポンティマ・スクドがたずねた。

ティフラーには、この訪問の意味がまだはっきりわかっていなかった。クテネクサー人は、ヴァアスレ人が異人を探るために送ってきたのか、あるいは自分たちのために動いているのか？　質問も回答も慎重にしたほうが賢明だろう。ティフラーにとっていちばん重要なカンタロのことは、ひとまずわきに置くことにした。

「数百年前に、宇宙のひろい範囲を巻きこんだ大カタストロフィがあった」ティフラーが話しはじめた。「われわれの銀河はその出来ごとの中心にあり……」

「そのカタストロフィのことは知っています」ポンティマ・スクドが割りこんだ。「その余波は当時ネイスクールまでおよびました」

「われわれにとって重要なのはふたつの出来ごと」ティフラーがつづけた。「ひとつはカタストロフィの前、もうひとつはあとに起こった。われわれの銀河の前方にブラック・スターゲートがある。そのスターゲートを調査して重力の渦に入ったわが種族の女性メンバーにちなんで、シラグサと呼んでいる。ゲートを通って落下したイル・シラグサが生きのびたとすれば、ネイスクールでふたたびあらわれたかもしれない」

ティフラーはポンティマ・スクドを注意深く観察した。しかし、節足種族の表情に反応はあらわれなかった。そのかわりにべつのことに気づいた。オクロノシュが静止したようだ。暗褐色のプディングはもう揺れていなかった。無言で、かたまったようにプラットフォームのたいらな表面にうずくまり、幾何学的にほぼ正確な、高さ六十センチメートルの円錐になっている。集中しているせいだ、とティフラーは思った。からだが確固たるかたちをとるほど、記録に力を注《そそ》いでいる。

「あなたがいう名前は、聞いたことがありません」と、ポンティマ・スクド。トランスレーターはいいまわしのニュアンスまでは翻訳できない。それでも、ティフラーの言葉をまったく信用しないわけではないにせよ、不信感を持って受けとめていることが感じられた。

「ほかにはなにを訊きたいのですか？」

「ふたつめの出来ごとははっきりした痕跡があるはず」ティフラーは話をつづけた。「巨大な宇宙船の大部分がそのスターゲートに落下した。船の名は《ナルガ・サント》、乗員はカルタン人。《ナルガ・サント》は平均的な小惑星くらいの大きさだった。たしかに、想定しうるのは……」

ポンティマ・スクドは手を振って拒絶をしめした。相手の話をさえぎるかれの癖に、ティフラーはいらいらしはじめた。

「あなたがいう名前にはどれも、心当たりがありません」クテネクサー人がいった。「しかし、われわれはこの分野の専門家ではない。あなたが探している情報がどこかに存在することも充分ありうる。ひとつ提案をさせてください」

「なんだ」と、ティフラー。

「クテネクサー人は高度に発達した文明を有する種族です」ポンティマ・スクドは、明らかなあざけりをこめてすぐにこうつづけた。「それを認めようとするヴァアスレ人が見つからないとしても。われわれのアーカイヴは数千年前にまでさかのぼります。あなたをわれわれの故郷世界に招待しましょう。われわれの宇宙船は数日のうちにスタートします。あなたと三隻の船も仲間にくわわればいい」

この誘いにどう答えるべきかはわかっていたが、ジュリアン・ティフラーはしばしためらった。クテネクサー人の気持ちを傷つけるのは得策ではない。もう一度この申し出を話題にすることになるかもしれない。

「われわれはヴァアスレ人の歓待を受けている」かれは慎重にいった。「そんなに早くカアリクスを去っては礼儀に反するだろう。ご理解いただきたい」

ポンティマ・スクドは、よくわかるといって、つけくわえた。

「ヴァアスレ人に対してはあなたが礼儀にかなうと思う態度をおとりになればいい。だが、転路係があなたの知識欲を満たせないばかりか、あなたの出自についての報告をなにも信じていないことがわかったら、われわれをたよるといい。それには長くかからないはずだし、それまではおそらくわれわれもまだカアリクスにいるでしょう」

三名の節足種族が立ちあがり、オクロノシュのからだがふたたび動きはじめた。別れの挨拶はていねいだった。ポンティマ・スクドは、近いうちにまた連絡することを約束した。

ジュリアン・ティフラーは、三名のクテネクサー人の足音と、反重力プラットフォームのかすかな機械音が通廊から消えるまで待った。それからドアを閉めると、フェルマー・ロイドのほうを向いた。

「ずっと不満そうな顔をしていたね」ティフラーがいった。「かれらの思考から多くは読みとれなかったようだな」

テレパスは首を振って、

「ほとんどなにも」と、いった。「なんだか非常に変わっています。ネイスクール銀河の知性体はみんな、意識の前面で些末《さまつ》なことを考え、重要な思考はその背後にかくす能力を持っています」

「ハウリ人もそうだった」ティフラーがいった。「テレパスの時代は過ぎさったのかもしれないな。知性がきみの能力に対する免疫を獲得したようだ」

「でも、わかったこともあります」フェルマー・ロイドが力をこめていった。そうした仮説に対して全テレパスの名声と地位を守る必要を感じたかのように。「あなたが《ナルガ・サント》のことをいったとき、クテネクサー人がほんのすこし平静を失いました。クテネクサー人は、こんなことをこれほどしつこく主張するのなら、かれが……からきたというのはまんざらでたらめではないかもしれない、と考えました。名前はわかりませんでしたが、それが銀河系のほかにあるでしょうか？」

「われわれの話を信じはじめたのか？」ティフラーが驚いた。

「まだそこまではいきません」ロイドはかれの楽観論に水をさした。「でも、考えてはいます。かれらには、スターロードがないところからはだれもくることはできない、という乗りこえなくてはならない論理的障壁があります。かれらがこの障害を飛びこえてはじめて、理性的に話し合うことができるでしょう」

2

フェル・ムーンはつきあいにくい仲間だ。十三年前、ハンガイ銀河出身のかれは宇宙船をクロノパルス壁へと進め、正気を失った。明晰な思考の最後のひらめきで、半壊した船を安全な航路に乗せ、船と乗員の命運をオートパイロットに託した。狂気のバリアとの衝突を生きのびたのは、乗員の半分ほどだった。船内には精神抑圧障害が蔓延。明確にものごとを考えられる者はだれもいなかった。オートパイロットは、〝サトラングの隠者〟のハイパー通信を捕捉し、そこへ進路を向けた。フェル・ムーンと仲間の宇宙飛行士はサナトリウムに収容され、時間の経過とともに治癒した。フェル・ムーンは進んで自由商人の仲間にくわわった。自分の身に起こったことを天の川銀河の未知の支配者からの個人的な侮辱ととらえ、復讐を渇望している。

かれは首もとまで閉まったグレイの多目的コンビネーションを着ていた。足もとは厚底のブーツ。頭部をおおうひとすじの毛皮を光沢ある黒に染めている。口髭《ひげ》の感知毛は入念に刈りこまれていた。

「ここにいては前進しません」カルタン人は苦々しげにいった。「時間をむだにしている。この瞬間に考えられる戦略はふたつしかありません」

フェル・ムーンは朝早くにジュリアン・ティフラーのもとを訪れた。テラナーには話の中身が予想できたが、寛大なほほえみを浮かべていった。

「どんなことかね？」

「ヴァアスレ人を打ち負かして、われわれの知りたいことを漏らすように仕向けるか」カルタン人ははげしい口調でいった。「あるいは、一刻も早く故郷にもどるか」

「それでは手ぶらでもどることになる」ティフラーが反論した。「われわれはなにも達成できない。それに、重要な情報がここにあることはわかっている。故郷銀河のブラック・スターロードはカンタロが支配している。カンタロとネイスクール銀河にはつながりがあるはずだ。もしかすると、まちがった質問をしたか、まちがった相手にたずねたのかもしれない。だが、ここには知るべきことがあるし、すべてを知るまでわたしは引きかえさない」

「いいでしょう、それならまたべつの可能性があります。とんだお笑い草でしょうね、もし……」

「われわれの三隻の宇宙船で惑星カアリクス全体を屈服させることができなければ。そういいたいのだろう？」ティフラーが腹立たしげにさえぎった。「きみはヴァアスレ人を過小評価している。この遠征の指揮をとり、乗員と船に責任を負っているのはわたしだ。そんなばかげた冒険に乗りだすことはしない」

　フェル・ムーンの黒っぽい目が危険な光を帯びた。

「引きついだものは、とりあげられることもありますよ」カルタン人がささやく。

　ジュリアン・ティフラーは、怒りをぶちまけたおかげで冷静になっていた。

「それについては話し合う余地がある。ただし、わたしのいるところでだ。背後でこっそりではなく。三隻の乗員のなかでわたしを信頼しない者が過半数になったときには、指揮権を引きわたす」

「《バルバロッサ》の乗員は百パーセントわたしと同意見ですよ」と、フェル・ムーン。

「笑わせるな！」ティフラーが揶揄《やゆ》した。「《バルバロッサ》の乗員は極端な個人主義者の集まりだ。同じ意見の者などせいぜいふたり見つけられればいいほうだろう。従来のやり方をすることだ。船長のヘイダ・ミンストラルに相談しろ。彼女なら……」

　こんどは外から話がさえぎられた。甲高く長い叫び声が響いた。ひどいアクセントのインターコスモでわめきちらしている。あまりにも興奮して大声なので、ドアを閉めていてもなんなく聞こえてくる。

「ああ、不幸だ！　ああ、不面目だ！　なぜ愛するサシュ＝ヴァリイムのもとをはなれたのか？　おかげでわたしは窮地におちいり、毒蛇に噛まれ、ねばねばした怪物に食われることになる！　この恐ろしい取引に、だれか赤いコインたった一枚でもはらってくれるだろうか？」

ジュリアン・ティフラーの口もとがひきつる。どうにかして笑いをこらえた。

「百パーセントきみと同意見のもののうちのひとりのようじゃないか？　聞いてのとおり、かれもわたしの指揮に不満なようだ」

フェル・ムーンはカルタン語で悪態をつくと、ドアに跳びつき、開きはじめるやいなや無理やり外に出た。

「いまいましいマモシトゥめ！」かれのわめき声が聞こえた。

それと同時に二度めの叫びが聞こえ、つづいて哀れっぽい泣き声になった。ティフラーが通廊に出ると、フェル・ムーンが泣きわめく生物のうしろ足をつかんで持ちあげていた。ずんぐりした頭が不安定に揺れ、肩から伸びる四本の細い把握腕が、つかまる物体を探してむだに空《くう》をたたいている。

「かれをはなせ、フェル・ムーン」ティフラーが命じた。

カルタン人がそれにしたがい、泣いている生物は床に落ちた。

「こいつは次から次へと問題を起こす」フェル・ムーンはティフラーとの口論を忘れたようだ。かれの怒りはマモシトゥに集中していた。「連れてくるべきではありませんでした。かれは発情期のまったただなかで、サシュ＝ヴァリイムをもとめて延々と嘆くので、みんなおかしくなりそうです」

「立て、トシュ＝ポイン」ティフラーがいった。

泣き声がやみ、マモシトゥが伸びをした。シリンダー形のからだが二対の足の上にのっているが、うしろ足のほうが前足より短いので胴体がななめになっている。首がなく、頭が肩にのっている。大きく飛びだした両目、頭の両側にある鰓《えら》のような開口部、軟骨質の唇で縁どられた口が、この生物を魚のように見せていた。トシュ＝ポインは口を閉ざし、不快感をあらわしていた。マモシトゥの口は、通常は開いている。不安や怒り、不快感を感じたときだけ口を閉じるのだ。

「なぜ叫ぶ、トシュ＝ポイン？」ティフラーがたずねた。

「叫んではいけませんか？」マモシトゥはふたたび嘆きはじめた。「わがサシュ＝ヴァリイムがわたしを恋しがっています。わたしが前もって受精させなければ、かれのパートナーであるアロシャ＝タアルはどうやって子供を授かるというのです？」

かれの悲鳴を理解するためには、マモシトゥの種族が三性からなることを知らねばならない。トシュ＝ポインがもとめているサシュ＝ヴァリイムは中性で、男マモシトゥと女マモシトゥの仲介者のはたらきをする。

「ホルモン分泌が盛んになっているというだけの理由で、叫びながら走りまわるな」ティフラーはこの不幸者をしかりつけた。「毒蛇とかねばねばした怪物とかいうのはなんだ？」

「宿所で見たんです」トシュ＝ポインがきっぱりといった。「射殺しました」

「射殺だって……？」

ティフラーとフェル・ムーンは気づかわしげに視線を交わした。カルタン人は、向こう見ずなところはあるが、思慮分別はある。マモシトゥが爬虫類や両生類を嫌悪していることはよく知られている。それでも、気にいらないというだけで生物を撃つことはふつうはしない。異種の世界で異種の生命体のもとにいるならなおさらだ。

「きみの宿所はどこだ？」ティフラーがたずねた。

フェル・ムーンが無言で動きはじめた。トシュ＝ポインは、抗議するような音を立てながらかれにしたがった。ティフラーもその奇妙な行進にくわわった。カルタン人は《バルバロッサ》派遣団をきっちり掌握《しょうあく》している。かれが命令権を持ち、ほかの三人がそれにしたがう役割であることは疑いようがなかった。当然、《バルバロッサ》派遣団のメンバーがどこに寝泊まりしているかも知っていた。かれはトシュ＝ポインの宿所の部屋の前に立ち、ドアが開くのを待った。敷居をこえることはせず、奇抜な家具がそなえられた室内を注意深くうかがった。

「あそこに」フェル・ムーンは短くいって、後方の壁を指さした。

トシュ＝ポインはたいした仕事をしていた。蛇を目にした驚きのあまり、コンビ銃のインパルス・モードが適切な防衛法に思えたらしい。壁には黒い焼け焦《こ》げにかこまれた穴があいている。たくましい男が両方のこぶしをかくせるくらいの大きさだ。穴の下の床には、焦げた爬虫類ののこりが横たわっていた。

ティフラーが近づいた。蛇の断片は半メートルほどで、細かい鱗のあるグレイの皮膚でおおわれていた。からだの前部はインパルス・ビームによって蒸発していたが、そこには細く柔軟な首と、赤くまん丸な目を持つ卵形の頭がついていたことが、ティフラーには容易に想像できた。

「蛇はどうやって入ってきた？」かれはトシュ＝ポインにたずねた。

マモシトゥは肩のまわりについている触手のような把握腕を振って泣きごとをいった。

「どうしてわたしにわかるでしょう？　わたしは出歩いていたのです」

「出歩いて……、どこに向かって？」

「通信コネクタを探していました」

ティフラーは驚いてかれを見た。

「通信コネクタだって？　部屋にあるじゃないか」

「わたしが遮断しました」フェル・ムーンが説明する。「こいつはぜんぶのチャンネルを機能停止させたのです。一日じゅう回線にしがみついて、大好きなサシュ＝ヴァリイムの耳に好色なおべんちゃらをわめいて」

ティフラーには、真顔でいることがむずかしくなった。あらためてトシュ＝ポインのほうを向いた。

「つまり、通信コネクタを探しに出て、部屋のドアをロックするのを忘れたのか」

「そういうことになります」マモシトゥは無邪気に認めた。

「そのあいだに蛇が入りこんだ」ティフラーが推論した。「フェル・ムーン、きみに話がある。そこのからだののこりを持ってきてくれ。それからきみだ、トシュ＝ポイン、いますぐ恋の苦しみは忘れて、立派な宇宙飛行士として行動するように」

マモシトゥはできるかぎり前足を伸ばした。この姿勢でちょうどテラナーの腰の高さだ。

「わたしと取引をしてください、ティフラー。わたしの持っているものはすべてさしあげますから、《バルバロッサ》にもどることを許してください……」

「残念だな、トシュ＝ポイン」ジュリアン・ティフラーは申し出を拒絶した。「ここでは取引はなしだ。われわれはいっしょにきた。これからもいっしょにいる」

かれは開いたままになっているドアから急いで出た。

*

「われわれは監視されている」ジュリアン・ティフラーは力をこめていった。「だれかがわれわれに関心を持ち、そのことをかくそうとしている」

話を聞いているのはフェルマー・ロイド、ボルダー・ダーン、そしてフェル・ムーン。カルタン人があざけるようにいった。

「その点はあまり器用じゃありませんね」

「そのように見える」ティフラーが認めた。「しかし、裏の事情を知らないかぎり、状況を客観的に判断することはできない。ひとつ心配がある。〝品位ある休養場所〟で受けた印象だが、われわれを監視していた生命体には知性がある。トシュ＝ポインが殺した蛇が、本当に〝品位ある休養場所〟のスパイと同じ種であれば、われわれはすくなくとも殺人の罪をおかしたことになる」

「そんなばかな！」フェル・ムーンが叫んだ。「われわれをスパイするのなら、射殺されることも覚悟のうえでしょう。なにも非難されるいわれはない」

ジュリアン・ティフラーが真剣なまなざしでかれを見た。

「われわれ全員に手段の適切性の原理が適用される。マモシトゥに危険はなかった。かれはパラライザーを使うべきだった」

「われわれを嗅《か》ぎまわろうとしているのはだれなんです？」ティフラーの叱責にカルタン人が答えるより早く、ボルダー・ダーンがたずねた。「ひょっとすると、ヴァアスレ人自身？」

「それにどんな意味がある？」フェルマー・ロイドが考えを述べた。「こちらには交渉の準備ができている。かれらがなにか知りたければ訊けばよいだけのこと」

「かれらがわれわれを信じていないことを忘れてるぞ」ボルダー・ダーンが反論する。

「銀河系の辺境からきたという証言をかれらはほら話だと思っている。われわれだけのときには本当の出自をしゃべると推測して、スパイするのではありませんか」

「その見解は一考に値《あた》いする」ティフラーがいった。「ヴァアスレ人が依頼者ということはありうる。ただ、そう考えるとひとつ引っかかる。ヴァアスクロウが伝えたからな。事前にリクスに着陸する前にわれわれの話を知っていた。アイスクロウがわれわれがカアに盗聴器を仕掛けた宿所にわれわれを泊まらせるほうがかんたんだったのでは？」

フェルマー・ロイドが指を振った。

「それからもうひとつ」と、ロイド。「いつも〝依頼者〟とおっしゃいますが、仮に蛇たちがわれわれをスパイするようだれかから依頼されたとしましょう。かれらはなぜ、自分のために行動しないのです？　あなた自身、かれらに知性があると思っているのに」

「それなら蛇は何者です？」ボルダー・ダーンがたずねた。「われわれが転路係種族と同盟を結ぶことを恐れるネイスクール社会の代理か？」

ジュリアン・ティフラーはなだめるような身ぶりで議論を終わらせた。

「憶測ではなんにもならない。手がかりがすくなすぎる。派遣団のメンバー全員に対して明らかにすべきは、未知の生命体がわれわれをひそかに監視していることと、その一監視者を無傷でつかまえるのが大事だということだ。そうすれば、フェルマー・ロイドがそいつから思考を読みとるチャンスができる」

「おそらく、またうまくいかないでしょうが」ミュータントがつぶやいた。「ネイスクールは妙だ。だれもが、思考をかくすすべを心得ている」

「そういえば」突然フェル・ムーンがいった。「蛇の死体はいったいどうなったんです？」

ティフラーがほほえんだ。

「あれはアクールにプレゼントしたよ。ボルダーとわたしが〝品位ある休養場所〟での体験を報告したとき、かれはまったく信じなかった。そんな蛇のような生物は知らないといいはった。いまごろ死んだ蛇ののこりを見てるだろう。専門家に分析を依頼するかもしれないな。確率は高くないとしても、カアリクスにアクールの知らない未知の生命体がいる可能性もあるだろう。蛇がどこからきたか、専門家が特定できればいいのだが。答えが楽しみだ」

それに反応したかのようにインターカムが鳴った。しかし、通話はアクールからではなかった。ジュリアン・ティフラーと話したがっているのはポンティマ・スクドだった。

かれはまず自分の名を名乗った。クテネクサー人を見わけるのはむずかしいと思ったからだろう。

「近いうちにまた連絡すると約束していました」かれが話しはじめた。「われわれの提案に応じることを決めたかどうか、お聞きしたくて」

ジュリアン・ティフラーは否定した。

「ヴァアスレ人との交渉がまだおこなわれていない。申し出は、もうしばらく留保しておいていただけないか？」

「われわれはまだ数日カアリクスに滞在します」と、ポンティマ・スクド。「ただ、べつの考えが浮かんだので。ギムトラという種族について聞いたことは？」

「いや」ティフラーがいった。「わたしはこの銀河にきて日が浅い。アイスクロウとヴァアスレ人、そしてあなたがたをのぞいて、ネイスクールの知性体のことは知らない」

「ギムトラはあなたたちの問いの答えを知っていると思います」ポンティマ・スクドがつづけた。「クテネクサー人のアーカイヴよりもかれらから情報を得るほうがおそらく早い。この賢者の種族についてもっと聞きたいですか？」

「ああ」と、ティフラー。

「われわれはすべての資料を宿所に置いています。よろしければ迎えにいきます」

テラナーにとってはすこし早すぎる展開だ。かれはインターカムを介してギムトラのなにが重要なのか訊くつもりだった。だが、ためらったのはつかのまだ。

「よろこんで」と、ティフラー。「同行者を連れていってもいいだろうか？」

この質問はクテネクサー人にとって予期せぬものだったらしい。卵形の目がしばし輝いた。考えている。

「打ち明けなければならないことがあります」と、ようやく答えた。「あなたの同行者のなかに上位の能力を持つ生命体がいますね？」

ジュリアン・ティフラーは驚いた。

「パラノーマルな力を持つミュータントはいる」かれが認めた。「なぜかれらのことを訊くのだ？」

「かれらはわれわれにとっては不気味なのです」と、クテネクサー人。「お好きなだけ同行者を連れてきてください。ただし、あなたがミュータントと呼ぶ者たちは連れてこないでください」

＊

「罠ということも当然ありえますね」ボルダー・ダーンがいった。

かれらはロボット操縦のグライダーの後部座席にすわっていた。グライダーは夜の町の色鮮やかな光のなかをゆっくり進んでいる。鈍く輝く結晶体タワーがスペクトルのすべての色をはなっている。色とりどりの真珠のネックレスのように、通りに沿ってランプが連なっている。往来ははげしかった。ヴェイスカルーラは世界都市だ。ヴェイスカルーラの生活習慣は昼も夜もあまり変わらない。

「かもな」ジュリアン・ティフラーがつぶやいた。「でも、そうは思わない。ネイスクール銀河でこれまでに会った種族について、気づいたことがある。かれらは無類の平和主義者だ。平和を愛する心が見せかけとは思えない。むしろ、あらゆる生命に対する敬意と、生きることへのよろこびをいだいている。それはほんものだと思う」

ボルダー・ダーンは皮肉っぽく咳ばらいをした。

「きっと理由があってのネイスクール文明社会への賞讃でしょうが、それにもかかわらず、あなたが予防措置を講じたことをつけくわえてもけっこうですよ」

「もちろんだ」ティフラーがほほえんだ。「フェルマー・ロイドが、集中を妨げるもののない暗い部屋に引きこもって、われわれのメンタル・インパルスを追っている。われわれが危機におちいればすぐにわかる。《ペルセウス》ではラス・ツバイが待機している。われわれが危機におちいればすぐにその場にくる。だが、クテネクサー人はわれわれに危害をくわえるつもりはないだろう」

グライダーは日が暮れてすぐに地下のガレージに入ってきた。グライダーの到着はインターカムで知らされた。ジュリアン・ティフラーには、クテネクサー人訪問についてアクールに知らせるという考えは浮かばなかった。かれはボルダー・ダーンとともにガレージまでおり、グライダーのオートパイロットに対して身元を証明した。

短い会話のあいだにポンティマ・スクドが口にした言葉は、素振りにあらわれている以上に、ティフラーの心にかかっていた。フェルマー・ロイドは、クテネクサー人との最初の出会いのときに同席した。かれは成功しなかったが、それでも、ポンティマとその同胞たちはミュータントのテレパシー活動に気づいたのだろうか？　イルミナ・コチストワについては、おそらくなにも知らないだろう。メタバイオ変換能力者はこのところ、そのなみはずれた能力を自分自身に対してのみ応用している。彼女は、細胞活性装置のかわりにメタバイオ変換能力を使うことに成功すれば、この貴重な装置を放棄してほかの人に譲ることができるという考えにとりつかれたようになっている。ラス・ツバイは？　かれはアイスクロウのもとでかなり目立つ活動をした。アイスクロウは、即時にべつの場所に移動でき、しかも〝乗客〟まで運ぶすべを心得た者が異人のなかにいることを知っている。しかし、クテネクサー人がどうやってそれを知りうるだろうか？

アイスクロウとヴァアスレ人のあいだには、両文明がブラック・スターゲートの操作にかかわっていることによる関係がある。ヴァアスレ人が第一の転路係、アイスクロウが第二の転路係という順位づけの意味はさしあたり不明だが、両者のあいだで活発な情報交換があることは疑いようがない。

クテネクサー人はどうかかわってくるのか？　かれらもブラック・スターロードに関係する種族なのか？　そうであれば、かれらがアイスクロウからしか得られない情報を持っていることは理解できる。ジュリアン・ティフラーはきのうはじめて疑念をいだいたのだが、ヴァアスレ人とクテネクサー人とアイスクロウは生物学的にたがいに類縁関係にあるのかもしれない。明らかに共通している特徴が、あの赤い複眼だ。アイスクロウについては、異生物分類学の規則にしたがって分類するのはむずかしかった。かれらの洋梨のような、あるいはじゃがいものようなからだは、やはり、洋梨かじゃがいもしか連想させない。反対に、ヴァアスレ人とクテネクサー人は明らかに節足種族だ。だが、本当に類縁性があるのなら、なぜそれを秘密にする？　遊び好きな性向を持つアイスクロウは、まじめなヴァアスレ人を嫌って、〝メイスセル〟と呼んだ。それは〝おとな〟というほどの意味だが、否定的に〝堅苦しくて空想力がない〟という意味で使われていた。ポンティマ・スクドも、ヴァアスレ人はクテネクサー人を高度に発達した文明と見なすことに消極的であるとほのめかしていた。それは、独立した種族間の嫉妬やねたみのしるしだ。類縁関係からくる好意は感じられない。

グライダーは町の南端にある複合建造物に向かって進んだ。その複合体は、上部がピラミッド状に尖った、ほっそりしたいくつもの結晶体からなり、それぞれの結晶体が異なる色に輝いていた。通りから見て五十階の高さのところ、ふたつの建物要素がぶつかりあって形成された壁龕《へきがん》に着陸プラットフォームがあり、グライダーはそこに着地した。ジュリアン・ティフラーとボルダー・ダーンがグライダーを降り、かれらのうしろでハッチが閉まる前に、オートパイロットの声が聞こえた。

「あなたたちの前で開く扉を通ってください。そこからの道がしめされます」

町並みの上方を流れる暖かくおだやかな風が壁龕に集まり、うなるような音を立てた。着陸プラットフォームの後端に、開いた扉をしめす明るい四角形があらわれ、かれらはそこに向かった。淡黄色の光に満たされた通廊に入ると、頭上でサーボの声がした。

「ふたつめの横通路までまっすぐ進み、右に曲がってください。右手の五つめの扉が開いています。そこに入ってください」

ボルダー・ダーンは疑わしげにあたりを見まわした。不快感が顔に出ている。

「殺風景《さつぷうけい》なアパートだな」と、つぶやく。「ここに有機的生命体はいるのか？」

サーボは共通語のネイスカムで話している。ティフラーとダーンはトランスレーターをそなえた多目的スーツを着ていた。かれらは指示にしたがい、指定された扉から、家具のすくない大きな部屋に入った。正方形の発光プレートが天井に三つあり、壁にもふたつあって、柔らかで心地よい光をもたらしていた。後方の壁に背の高いアーチ形の通路があり、そこにホストの三名、ポンティマ・スクド、アルゲイブン・ヌグード、バラクン・ツェカムが立っていた。

に」

「ようこそ」ポンティマ・スクドがテラナーに挨拶した。「できるかぎり、どうぞお楽に」

それは容易ではなかった。もっとも椅子に似ている台は、ふたりのテラナーには狭すぎた。結局、背の低い整理ダンスともいえる直方体の家具にならんで腰をおろした。

「まず、あなたたちにとって興味深いはずのものをお見せしましょう」ポンティマ・スクドが話しはじめた。発光プレートの明かりが弱まり、あたりが暗くなる。部屋のまんなかに銀河のホログラム表示があらわれた。画像は直径四メートルの大きさだ。「ネイスクール銀河です」

巨大な銀河が観客の目の前でゆっくりと回転する。高品質の表示だ。星が密集している場所以外は、ネイスクールの恒星をしめす光点がたがいにはなれてはっきり見える。銀河間の空虚空間にまで突きだしている渦状肢の端で、赤いマークが明滅しはじめた。

「恒星マウルーダです」ポンティマ・スクドが説明する。「われわれの現在地です」

輝く青い線があらわれた。線は星の群れのなかを縦横にはしり、線が交差するところに、グリーンに輝く光点がしめされた。

「スターロードです」と、クテネクサー人。「ごらんのように、それほど多くなく、ネイスクールの領域全体で十八そこそこ。とはいえ、これがなければ宇宙船の星間航行は実に困難なくわだてになるでしょう」

ホログラムが近づいてきた。左右の端で、ネイスクール銀河の一部が架空の画像端をこえて消えた。マウルーダの明滅する光点は前面にとどまっている。すぐ近くにグリーンの分岐点があり、三本の青い線が交差している。

「これがボウスホルです」と、ポンティマ・スクド。「このスターゲートを通ってわれわれは旅をします」

撮影機がボウスホルから出る六本の青い線のひとつをたどっているかのようだ。その線は銀河の端から中心部の近くまでつづいている。べつのグリーンの光点のところでカメラが停止する。その近くでふたたび赤いマークが明滅しはじめた。マウルーダをしめしていた光点はすでに見えなくなっていた。

「このスターゲートの名は〝シンテクス〟」と、ポンティマ・スクド。「恒星を〝ガムクアム〟と呼んでいます。赤い巨大な星で、そのまわりを相当な距離を置いてふたつの惑星が回転している。恒星に近いほうの惑星が、お話ししたギムトラの世界です」

画像が消えた。発光プレートがふたたび明るくなる。

「わたしの質問はいまも同じです」と、クテネクサー人。「われわれといっしょにきますか？」

ジュリアン・ティフラーは準備ができていた。これまでのあいだに、クテネクサー人がしめす関心にはまったく私心がないというわけではないと思うようになっていた。かれらはなにかを期待して、ティフラーをガムクアムに連れていこうとしている。

「問いの答えを見つける手助けをしてくれることのありがたさは承知している」ティフラーは注意深くいった。「感謝の意をどのようにあらわせばよいか、いってくれ。われわれの種族では、どんなおこないに対してもお返しをするという慣習がある。お返しをする機会がなければ、あなたの助けを受けるわけにはいかない」

抜け目なくやったと、かれは思った。ところが、ポンティマ・スクドは、だれも予期していなかった率直さで、この策略をからぶりに終わらせた。

「打ち明けなければならないことがあります」かれのささやきを翻訳した言葉がトランスレーターから聞こえてくる。「われわれ、クテネクサー種族はブラック・スターロードの管理者なのです。あなたはスターロードのない宇宙地域からきたと主張している。ここに解明すべき矛盾があります。ギムトラがあなたの問いの答えを見つけることができれば、この謎の解明に一歩近づけるかもしれない。それは、ブラック・スターロードの管理者としてのわれわれにとってきわめて重要なことでしょう」

ジュリアン・ティフラーとボルダー・ダーンは驚いて目を見あわせた。ティフラーには、この瞬間に問いただしたい多くの疑問が浮かんだ。ブラック・スターロードで職務をはたす集団の序列がしだいに混乱してきた。アイスクロウが第二の転路係、ヴァアスレ人が第一の転路係だが、そこに管理者としてクテネクサー人がくわわった。さらにだれが顔をのぞかせるだろうか？　あるいは、ギムトラがスターロードの所有者として正体をあらわすのか？

かれは好奇心をおさえた。すでに八割がたそのつもりだが、本当にガムクアムまで旅をするとなれば、質問する機会はある。しかし、すぐに知りたいことがいくつかあった。

「ネイスクール領域のブラック・スターロードのネットワークを見せてもらったが」かれはポンティマ・スクドにいった。「あなたたちの銀河の向こうはどうなっているのか？　スターロードはどこまで達しているのだ？」

クテネクサー人はこの要請をよく理解していた。ふたたび照明が暗くなった。ネイスクール銀河の三次元画像があらわれ、後方にさがりはじめた。ついにははかりしれないほどひろい宙域のなかのひとつの光点になるまで遠ざかる。宙域はざっと見積もっても百八光年の規模はある。何千というべつの光点があらわれ、それぞれの点がひとつの銀河をあらわしていた。ジュリアン・ティフラーは輝く点の群れのなかで方向を見失いそうになった。表示はネイスクールでもちいられている座標線にもとづいている。だが、すこし探すうちに、画像の下端に、密にかたまっている二十ばかりの光点群を見つけた。ちがう角度から見たときにどう見えるかを想像し、それが局部銀河群の銀河にちがいないと推論した。

ふたたび青い線があらわれた。多くはない。ティフラーは二十まで数えてやめた。三十以上にはならないだろう。すべての銀河がブラック・スターロードのネットワークに接続することはとうていなかった。画像の下端へも青い線が伸びていたが、局部銀河群に接しているのは一本もなかった。

　表示は、ティフラーがアイスクロウのところで見たものとは異なる。しかし、それらは同じことを意味していた。銀河系とその周辺にはブラック・スターロードへの接続はまったくない。アイスクロウ、ヴァアスレ人、そしてクテネクサー人は、この三次元の〝ロードマップ〟にしたがっているのだ。疑問なのは……

「この表示はどのようなデータにもとづいているのか？」

「われわれがみずから収集したデータです」ポンティマ・スクドが答えた。「スターロードは往来が活発です。そこから進路を知ることができます」

「スヴェルダイスタの存在はどう解釈する？」ティフラーがたずねた。

「スヴェルダイスタは機能しなくなったスターゲートです」と、クテネクサー人。「そこに通じるスターロードはありません」

「それは知っている。しかしなんのためにスヴェルダイスタはそこにあるのか？」

　赤い複眼の目つきが硬くなった。ポンティマ・スクドは答えをためらっている。

「ブラック・スターロードのネットワークは非常に古くからあります」ようやくかれがいった。「ひとつやふたつの道が消失することは想像できます。そうするとその道の端にあるラージムスカがスヴェルダイスタになるのです」

「想像はできるが、確実に知っているわけではないのだな」ティフラーはていねいなものいいを心がけ、トランスレーターが相応の言葉を選んで翻訳してくれると信じた。クテネクサー人を傷つけたくなかった。「仮にモイシュ・スターゲートに飛びこんで輸送インパルスを放出したら、なにが起こるのだろうか？」

「なにも起こりません」と、ポンティマ・スクド。「モイシュはスヴェルダイスタです」

「しかし、われわれはモイシュに飛来した」と、ティフラー。「すくなくともそのことはだれも疑えない。アイスクロウが見ている」

クテネクサー人の半開きの口から弱々しいあえぎがもれた。ジュリアン・ティフラーは、それをとほうに暮れたすえのため息と解釈した。

「あなたたちがどうやってそこへやってきたかは、わかりません」と、ポンティマ・スクド。「それが、われわれが解きたい謎なのです」

画像がしだいに消えていった。ふたたび照明が明るくなる。会話は、あまり負担のないべつのテーマにうつった。ティフラーは、ドロイドのオクロノシュが同席していないことに気づいたが、理由をたずねるのはひかえた。クテネクサー人にはきょうの会話を記録する理由がないのだろう。

ガムクアムへの飛行については次のようにとりきめた。明朝、ジュリアン・ティフラーが、ヴァアスレ人の政府代表団とただちに協議することをもとめる。その対話で満足できる結果が得られなければ、かれは派遣団とともに、軌道で待っている三隻の船にもどる。その場合は、クテネクサー人といっしょにガムクアムをめざすつもりだ。かれのほかにだれがいっしょに行くかは、いずれ決定する。

ポンティマ・スクドにはそれで異存はなかった。ティフラーとダーンがいとまを告げたとき、かれらは今晩の融和的ななりゆきに感銘を受けていた。アイスクロウやヴァアスレ人と同様に、クテネクサー人にとっても、三隻の異人船が〝天の川〟という銀河からきたことを信じるのは困難なことにちがいない。しかし、かれらは不信感を露骨にあらわさなかった。自分たちの知らないなにかがあるということを検討する気になっていた。ボルダー・ダーンは、感じたことをいつもの簡潔な調子でまとめた。

「あの連中とならやっていけますね」

クテネクサー人が提供してくれたグライダーに乗って、ふたりのテラナーは町の中心部にもどった。ティフラーはすぐに床についたが、それも長くはなかった。真夜中ちょっとすぎに、アラームで起こされた。インターカムのスクリーンが光る。フェルマー・ロイドが見えた。

「トシュ＝ポインがまた蛇に出くわしました」

3

マモシトゥは、きまり悪さをきびきびした態度でかくそうとしていた。

「まったく規則どおりに行動しました」かれは甲高い声でわめいた。「蛇に出くわして、パラライザーで撃ちました。そこにその怪物がいます。賞讃に値いするでしょうか？」

「きみは模範的に行動した、トシュ＝ポイン」ジュリアン・ティフラーが無表情のままいった。「なぜ、きみが真夜中に自分の居室から二階分もはなれたところを歩きまわっていたのか、だれも訊いていないようだね。また通信コネクタを探していたのか？」

「ええー……」と、いって、マモシトゥは口を閉じた。

蛇がいたのは、居住に使われていない数多くの部屋のひとつ。ティフラーの派遣団はそれほど人数が多くないため、ヴァアスレ人から提供されたすべての居室を使っているわけではなかった。絨毯《じゅうたん》を敷いた四×五メートルのフロアには、異国ふうの家具がいくつか置かれていた。そのうちのひとつがデスクだと思われ、その下に麻痺した蛇が横たわっていた。ちなみに、この部屋に通信コネクタはなかった。トシュ＝ポインは、かれにとって嫌悪の極致である爬虫類によって、まったくむだに驚かされたということ。

その生物は、前日にマモシトゥが殺した生物よりちいさく、〝品位ある休養場所〟でティフラーとボルダー・ダーンを探っていた生物よりもちいさかった。目がぼんやりしていて、赤い輝きはまったくない。からだの長さは半メートルそこそこで、いちばん太い個所の直径は五センチメートルもなかった。ジュリアン・ティフラーはフェルマー・ロイドのほうを向いた。

質問を口に出す必要はなかった。ミュータントもかれを理解し、首を振った。

「なにも。インパルスひとつ受けとれません。まったく死んでいるようです」

ティリィ・チュンズが床にひざまずいて、数多くの機能ボタンといくつかの表示フィールドをそなえたちいさな機器を操作している。機器には、動かない未知生物のからだに沿ってのばしたふたつのゾンデがつながっている。ティリィ・チュンズはブルー族で、《カシオペア》乗員。ジュリアン・ティフラーがかれをこのカアリクスに連れてきたのは、詩人でもとヴィーロ宙航士と自称するチュンズが、きわめて明敏で柔軟な思考力の持ち主だからだ。かれは、むずかしい状況に対して、それがまったく学習したことのない知識分野に属することであっても、おそらくは直観的に、見当をつけることができる。さらに、ティリィ・チュンズは、そのポジティヴな人生観と曇ることのない楽観主義のゆえに、とても愛すべき仲間だった。

「死んでいるはずはない」トシュ＝ポインが文句をいった。「パラライザーでしとめたんだ」

「死んではいない」ティリィ・チュンズが、ブルー族特有の甲高い声でいった。「明らかな生体機能がある。どんなものかはわからないけど、ある」

「そうでしょ？」マモシトゥが顔を輝かせた。「では、ティフラー、わたしたちは取引ができるのではないかと。わたしはあなたに……」

「わたしはきみになにも提供しない、トシュ＝ポイン」ジュリアン・ティフラーは恋わずらい患者の期待を芽のうちに摘みとった。「われわれはまもなく船にもどることになるだろう。そのときは、好きなだけ長くサシュ＝ヴァリイムとはめをはずせばいい。いまは、自分の部屋にもどって、日没まで姿を見せるな。わかったか？」

マモシトゥは感情を害してのろのろと歩いていった。母語でわめくのが聞こえた。なにをいったかだれにもわからなかったが、くりかえして聞く価値はおそらくなかったろう。

「それを正気にもどせるか、ティリィ？」ジュリアン・ティフラーがたずねた。

「やってみます」と、ブルー族。「かれらの生体機能の性状を知ってさえいれば……」

フェルマー・ロイドが目を閉じた。

「気をつけろ」かれがつぶやいた。「目をさますぞ……！」

突然、ちいさなまん丸の目が鈍く輝いた。蛇のからだが痙攣《けいれん》し、チュンズのゾンデがひとつ、わきへ投げとばされる。ブルー族は驚いてあとずさった。

「逃がすな、ティリィ！」ティフラーが叫んだ。

すでに遅かった。あっという間に、蛇のからだはまるまってひとつの球になり、開いていた扉から通廊へ飛びだした。ティフラーがあとを追った。自然とコンビ銃が手に滑りこんできた。グレイの球が通廊を転がっていくのが見える。砲身から発射されたかのような速さだ。指がトリガーにかかる。ティフラーは、機械的な、ほとんど無意識のおや指の動きで、パラライザーを最大の扇状拡散に切り替えた。球に逃げるチャンスはなかった。

武器が荒々しいうなりを響かせた。命中。それは明らかだった。球はわきに跳ねて壁に衝突した。ジュリアン・ティフラーはコンビ銃をホルスターにおさめ、歩きだした。あとは命中して動かなくなっているはずの、未知の生物のからだをひろいあげるだけだとしか、思っていなかった。

そこで信じられないことが起きた。球が何百ものちいさな要素に分解したのだ。細くてちいさくて、じっとしていない、ミミズかウジ虫のようなものが、とほうもない速さで動いている。かれらはどこにかくれられるかを知っていた。壁に沿って滑るように動くと、壁の化粧張りの継ぎ目のなかに消えた。ジュリアン・ティフラーが麻痺した生物のからだをひろいあげようとしていた個所には、身をかがめる価値があるほどの物質はかけらものこっていなかった。

　フェルマー・ロイドとティリィ・チュンズがうしろから走ってきた。ずんぐりした足のブルー族は苦労していた。走るのはかれの好みの移動方法ではない。

かれらは困惑してあたりを見まわした。未知の生物は無に帰してしまった。フェルマー・ロイドが壁をおおう化粧張りを引っかいたが、すぐにその努力をあきらめた。

「あれが正気にもどったのに気づいたな」ティフラーがいった。「メンタル・インパルスと推測するが？」

　ミュータントがうなずいた。

「急になにかを感じましたが、理解できませんでした。簡明に表現される思考ではなく、むしろ本能的刺激というか、でもすこしばかりそれ以上のもの。不思議なのは、あれが、まったく冷静に思考していたことです。あれは自信を持っていました。自分はつかまらないとわかっていました」

　その瞬間、あらたにアラームが鳴りはじめた。

＊

ラス・ツバイはおちついているように見えた。しかし、かれを知る者なら、顔の険しい線から、かれが怒りに燃えていることがわかる。

「そんな命令はいっさい出していないのですね？」かれが確認した。

「まったくない」ジュリアン・ティフラーが請けあった。「命令を出していれば、すぐきみに通知が入るだろう」

「いいでしょう。そうだと思っていました」ツバイがため息をついた。「自由商人たちはどんな悪魔のいいなりになったものやら……。いずれにせよ、《バルバロッサ》はスタートしました」かれが側方を見た。おそらく、カメラの捕捉範囲の外にある表示装置だろう。「メタグラヴ・ヴォーテックスが八分前。メタグラヴ・ベクトルはこの銀河の中心の方向です」

ティフラーのうしろでドアが開いた。ティリィ・チュンズが飛びこんでくる。

「フェル・ムーンとふたりのテフローダーがいません」かれが叫んだ。「いつどうやってこの建物を去ったのか、だれも知りません」

「アクールと連絡はとれたか？」と、ティフラー。

「ヴァアスレ人はだれも応答しません。みんな寝ているのでしょう」

ジュリアン・ティフラーはふたたびインターカム画像に向きあった。

「聞いたとおりだ。時間をかけて周到に用意されたことにちがいない。フェル・ムーンがふたりのテフローダーに圧力をかけた。かれならそういうことは得意だ。恋わずらいのトシュ＝ポインは置き去りにした。かれの手に負えないからな。ヴァアスレ人に対しては、おそらく、わたしの指示を受けて行動しているといったのだろう。かれらはわれわれを信じていないが、礼儀正しい。かれがスペースフェリーを貸してくれといえば、すぐに提供しただろう」

「フェリーはヴェイスカルーラ時間で真夜中の数分前にここにきました」ラス・ツバイが報告する。「もちろんわれわれは関心を持ちました。シャトルが軌道に向かってきたときに通信で呼びかけましたが、応答はありませんでした。スペースフェリーは《バルバロッサ》とエネルギー・コンタクトをし、三十秒後に去っていきました。われわれは疑念をいだきました。それほど急ぐのはよいことではありえない。わたしは《バルバロッサ》に呼びかけました。ヘイダ・ミンストラルと話すつもりでしたが、彼女のかわりにフェル・ムーンが応答しました。興奮しているようすで、〝ティフラーからの至急の任務だ。いまは話す時間がない、すぐにまた連絡する〟といいました。それが、かれの言葉を聞いた最後です。すこしして、《バルバロッサ》が最大加速をして航行を開始しました。われわれの呼びかけに応答はありませんでした。船首の前に一発見舞ってやればよかったのかもしれませんが……」

最後までいうかわりに、あきらめたように肩をすくめた。

「きみたちに罪はない」ティフラーがなぐさめるようにいった。「すべてはフェル・ムーンの考えだ。わたしのもとでは自分の暴力的な計画が受けいれられないとわかって、自分でやろうとしている。ただ、不思議なのは、どんな嘘をヘイダ・ミンストラルに信じこませたのかだ。彼女から照会がありそうなものだが」

しばし、困惑したような沈黙がひろがった。ティリィ・チュンズがたずねた。

「これからどうなります？」

「これまでどおりだ」ティフラーが答えた。「《バルバロッサ》を追うのは無意味だ。いずれ、ヘイダはあざむかれていることに気づくだろう。それでもどってくるといいのだが。船がもどったときは、短気者フェル・ムーンを投獄するよりほかないだろう」

「ヴァアスレ人との関係でも、《バルバロッサ》の突然のスタートは、われわれにとっておそらく利点にならないでしょう」ラス・ツバイが推測した。

「かれらはどっちみちわれわれを信用していない。われわれの船が一隻消えたことをどんなふうに考えるかは神のみぞ知るだ」

ティフラーの顔を皮肉っぽいほほえみがよぎった。

「かれらがこれをどう考えるかはすぐに耳に入るだろう」と、かれ。「アクールは、われわれがいかにまちがった行動をしているかをはっきりさせるとなれば、自分の意見を口に出さずにはいられないやつだからな」

それがきっかけになったかのように、スクリーンの右上のすみにグリーンの信号灯が点滅しはじめ、同時にブザーが鳴った。

「もうきたぞ」ティフラーが笑った。「接続を中断する、ラス。われらが敬愛するホスト殿にちがいない」

かれのいうとおりだった。ラス・ツバイの像が消えるか消えないかのうちに、ヴァアスレ人の頭部の輪郭が実体化した。アクールの大きな複眼が明るい赤色に輝いている。怒っていた。耳ざわりな声で、かれの口からネイスカムの言葉があふれてくる。トランスレーターはその早口に遅れないよう苦労していた。

「あなたたちの船の一隻がカアリクス上方の軌道をはなれて未知の目的地へ飛んでいったと報告がありました」

「同じことをわたしもたったいま聞いた」ジュリアン・ティフラーがおちついて答えた。

「どんな指示をあたえたのです？」アクールがたずねた。

「船に？　なにも指示していない。わたしもあなた同様に驚いている」

「あなたはグループの指揮官ですね？」

「ああ」

「あなたの指示もなく船の一隻が立ち去るなんて、いったいどうやったら、そんなことが起こりうるのです？」

ティフラーは肩をすくめた。ヴァアスレ人に身ぶりの意味がわかるかどうかはどうでもよかった。アクールの悪い評価はどのみちもう変えられないのだ。

「われわれの組織はあなたが思っているほど厳格ではない」と、ティフラー。「わたしの命令が疑問視されたり、無視されたりすることもある。今回は、明らかにある短気者がかかわっている。かれはわたしのやり方に承服せず、自分の目的をちがう方法で達成しようとしている」

「どんな目的です？」

「わからない。その男はわたしに秘密を打ち明けなかった」

アクールはスクリーンからテラナーを見おろした。刺すようなまなざしには、ひとかけらの好意もなかった。

「あなたから聞いたことをすべて信じるのはむずかしい。評議会にこの出来ごとを報告したところ、協議をおこなうことになりました。この建物で、一時間後に開始します。あなたと同行者は出席してください」

「それについてはよく考えよう」ティフラーがいいかえした。「一時間したらまた呼びだしてくれ。そのときにわれわれの決定をお話ししよう」

かれは接続を切った。外交術はどのみちもう役にたたない。不愉快ななりゆきになってしまったことが残念だった。

ジュリアン・ティフラーは、惑星カアリクスでのエピソードは終わったと見なした。もはやここで得られるものはない。まだ公式な交渉をしていなかったが、これまでに直面したすべてのことから、もとめる情報をヴァアスレ人が持っていないことは明らかだった。したがって、アクールの尽力で実現した協議をしずかに待ちうけた。銀河間の礼儀作法のルールにしたがい、第一の転路係を頑迷で狭量で無知だと思っていることをかれらにわからせる場合にも、最大限慎重に言葉を選ぶだろう。

＊

かれは、アイスクロウと最初に出会ったときにも気づいた矛盾に直面していた。アイスクロウとヴァアスレ人は、銀河間宇宙飛行の経過のなかで発展してきた先進の輸送システムの制御メカニズムを操作している。ブラックホール同士を結ぶアインシュタイン＝ローゼン橋は、高性能のメタグラヴ・エンジンより速くかつ円滑に、宇宙船をひとつの銀河からべつの銀河へ輸送する。事象の地平線の下方でブラックホールの特異点を周回する制御ステーションの技術は、局部銀河群の文明が数百年後にようやく到達できるレベルだ。アイスクロウとヴァアスレ人はその技術を掌握しているように見える。しかし、よく見ると、かれらは操作係、つまりボタンを押す係、ダイヤルをまわす係にすぎないことに気づく。なにをすべきかはわかっているが、自分たちが操作している装置の仕組みは知らない。

ネイスクール銀河には明らかに知識の階層がある。ティフラーの遠征隊の不運は、いちばん下の階層で情報収集をはじめてしまったこと。ヴァアスレ人はアイスクロウより知識があった。しかし、かれらも、ロードマップに記されていないスターロードもあるという可能性を検討することに対して、あまりにもかたくなだった。ヴァアスレ人もカンタロについてはなにも知らなかった。《ナルガ・サント》のことも、大カタストロフィ前に、三人の同行者とともにスペース＝ジェットで自身の名がついたブラックホールに落下した、輝くほど美しいといわれるイル・シラグサのことさえも、聞いたことがなかった。

ジュリアン・ティフラーにとって、進むべきはガムクアム星系への道であることは明白だった。クテネクサー人は、明らかにひとつ上の知識階層だ。賢者の種族だというギムトラについてはだれが知ろう。ポンティマ・スクドによれば、かれらはクテネクサー人よりさらに広範な知識を持っている。もともと、ポンティマ・スクドは自分の種族のアーカイヴで答えを探すようティフラーに提案していたのだ。あとになって、ギムトラにじかにたのむほうがよいのではと考えるようになった。かれは最初、イル・シラグサや《ナルガ・サント》についての質問に関心をしめさなかった。オクロノシュによって作成された当時の会話の記録を上層機関に転送したところ、上層機関が関心を持った、ということはあるだろうか？　ほぼそのように思われる。《ナルガ・サント》やイル・シラグサの名を知っているだれかが、階層の上のほうにいるのだ。そのだれかが、ポンティマ・スクドに異人とギムトラを接触させるよう指示した。

ティフラーはそう考えていた。希望的観測かもしれない。だが、広大なネイスクール銀河のどこかに、かれが知りたいすべての問いに対する答えを持っているだれかがいることは、確信していた。ギムトラかもしれない。しかし、おそらくは、知識の階層の梯《はし》子《ご》をさらに一段か二段よじのぼらなければならないだろう。

だれがカアリクスでかれらをスパイしていたのかがわかれば、興味深かったろう。この星のどこかに、異人と三隻の宇宙船を潜在的な危険と見なしている者がいる。それがアイスクロウでもヴァアスレ人でもないことは、もはや明白だった。ポンティマ・スクドは、率直に、異郷からの訪問者が提示した謎の解明に関心があると表明した。最初は、かれがスパイをさしむけたと考えることもできたかもしれない。しかし、ティフラーと意見が一致したいまとなっては……？

待つしかなかった。情況は切迫している。ジュリアンは、かれの情報探しがまもなく最初の成功をおさめると確信していた。かれは平和目的でやってきた。ネイスクール銀河の住民は平和を好む生命体だ。かれが質問すれば、答えを拒否することはないだろう。ただし、正しい相手に質問することが肝要。

アクールとのかんばしくない会話から四十五分後に、ジュリアン・ティフラーは派遣団のメンバーを召集した。かれをふくめて十人になってしまった。《バルバロッサ》の代表はマモシトゥのトシュ＝ポイン。かれもフェル・ムーンの大急ぎの出発と、計画にない《バルバロッサ》の旅立ちを聞かされていた。ティフラーは、かれが混乱し、絶望しているだろうと予期していた。ところが、トシュ＝ポインはおちつきはらっていた。動きはすこし鈍かったが、目には妙な輝きがあった。おそらく、恋の苦しみを薬物でやわらげたのだろう。

ティフラーはメンバーに自分の考えを説明し、こう締めくくった。

「われわれには、ここカアリクスでうろうろしている理由はない。ここではなにも得られない。わたしはポンティマ・スクドのいうことを言葉どおりに受けとり、招待を受けいれる。だれがいっしょにガムクアムに向かうか、旅が具体的にどのように進行するかは、これから決める。大事なのは、これ以上時間をむだにしないこと。われわれがなすべきは……」

フェルマー・ロイドが聞き耳を立てるように頭をあげ、ティフラーは中断した。

「フェルマー？」

「だれかきます」ミュータントが答えた。

ジュリアン・ティフラーは、アクールがもう一度かれに連絡して、協議に参加するかどうかたずねるような屈辱を甘んじて受けるとは思っていなかった。アクールは三名のヴァアスレ人を送ってきた。かれらは異人の客に対していねいに、しかし断固として、協議の場まで同行するようもとめた。かれらは武装していなかった。すくなくとも武器は見あたらなかった。ティフラーは、もとめを拒絶したらどうなるのだろうと疑問に思った。

＊

「われわれヴァアスレ人種族は、ブラック・スターゲートの操作と維持にかかわる任務の遂行を委託されている」パルワーリャという名の、評議会の第二理事と称するスポークスマンが話しはじめた。「この点で、各スターゲートの前方地域で観察される異例の出来ごとすべてを記録し、調査し、調査結果を中央のデータ保存装置に伝達することは、われわれの責任の範囲です」

その部屋の大きさは中くらいのホールといったところだ。ティフラーと同行者たちが宿泊していた建物の一階にある。協議参加者が立たなくてすむように、大急ぎで家具が運びこまれていた。部屋の一方の側にヴァアスレ人用の細くて背もたれの高い椅子が、他方の側に異人客用の箱形の座席が設けられていた。ヴァアスレ人の代表団は四十名以上からなっていて、そのなかにアクールとかれのグループもいた。ヴァアスレ人は通常どおりの服装だった。からだに巻きつけられた幅広の布がさまざまなパステル調の色に輝いている。衣服の色は着ている者の階級あるいは社会的地位をあらわすのかもしれない。だが、それを解く鍵は異人にはまだ解読できていない。フェルマー・ロイドも、この点では助けにならなかった。ヴァアスレ人は意識の前面でどうでもいいことを考えるからだ。

演説者パルワーリャの背丈は三・三メートルはある。衣服は赤っぽい金色だ。身ぶりを交えて話し、種族の慣習どおり、ステップを踏むように行ったりきたりしている。

「異例の出来ごとに異人の宇宙船が関与していて、その乗員と意思疎通ができる場合には、乗員が事件の調査に参加し、解明に寄与するすべての情報を提供することを期待します。

すこし前、地図上ではスヴェルダイスタと記されているモイシュ・スターゲートに三隻の異人船が姿をあらわしました。異人は、われわれの弟分アイスクロウに友好的に迎えられました。その出自について、かれらがアイスクロウの手に負えない証言をしたので、アイスクロウは規則にしたがい、異人をわれわれのところに送りました。

ここで、異人の到着以来、もっとも多くかれらとかかわってきた者に話をつづけてもらいます」

かれは踊るような足どりで椅子にもどった。そのあいだにアクールが立ちあがり、ホールの中央へ進んだ。いつものように、パステルブルーの布でからだをつつんでいる。ティフラーの隣りにすわっているボルダー・ダーンが、わきへ身をよせて低い声でいった。

「これは協議ではない。しだいに裁判の様相を呈《てい》していますよ」

ジュリアン・ティフラーには答える機会がなく、うなずくだけ。アクールが話しはじめた。

「われわれが期待した、またこのようなケースではつねに期待してしかるべき協力態勢は、異人から提供されませんでした。かれらは、明らかにブラック・スターロードのない宇宙の一区域からきたという非現実的な主張に固執《こしゅう》しています。かれらが本当の出自をかくすので、われわれは不正を疑いました。かれらがどんな目的でネイスクール銀河にやってきたか、だれにわかるでしょう？　もし悪意がないとしても、なぜ、本当はどこからきたかをいわないのでしょう？　なぜ、われわれが〝ブネスクローレ〟から課された義務を履行することを妨げるのでしょう？」

ジュリアン・ティフラーは耳をそばだてた。トランスレーターはその言葉を知らなかったので翻訳できず、人類が口まねできるように音声を再現するにとどめた。ティフラーはうしろによりかかった。すぐうしろにはフェルマー・ロイドがすわっている。長らくたがいを知っているふたりのテラナーには言葉は必要なかった。ミュータントにはティフラーの聞きたいことがわかっていた。

「かれは意識の前面で意味のあることを考えています」ロイドがささやく。「しかし、〝ブネスクローレ〟がなにかは、かれ自身知らない。見たことがないのです。漠然とした像が思考に付随していますが……」

ジュリアン・ティフラーが合図して話を終わらせた。アクールが話しつづけている。

「そのあいだになにが起こったかはご存じのとおりです。異人の三隻の船のうち一隻がカアリクスの軌道をはなれました。その船の乗員がたんに滞留権に関する規則違反をおかしただけと考えるのは浅はかでしょう。わたしの見解では、その船は、宇宙の果ての秘密基地にもどり、そこから増援部隊を連れてくるよう指示を受けたのです。カアリクスへの攻撃が迫っていることを危惧しています。この意味で、最後に異人に要求するのは……」

ジュリアン・ティフラーはそれ以上聞いていなかった。ボルダー・ダーンのほうに身をかがめてささやいた。

「気をつけろ。事態がどう転ぶかわからない」

かれは立ちあがると、ホールの中央へ歩いた。かれがくるのを見たアクールは黙りこみ、ステップもつかのま中断した。ジュリアン・ティフラーはその隙を利用した。

「あなたは、自分の空想から生まれた罪でわれわれを告発している」かれは話しはじめ、トランスレーターがかれの言葉をどのようにヴァアスレ人方言の音声に翻訳しているかに耳をかたむけた。「われわれはカアリクスで歓待を受けた。形式的な面でいえば、実際、賓客のようにもてなされた。しかし、そのほかでは、疑惑と不信の念のみが注がれていた」ここまで、かれの言葉はヴァアスレ人の聴衆一般に向けられていた。そしていま、驚きを克服してふたたびステップを踏みはじめていたアクールに、直接たずねた。「あなたは、われわれが旅の出発点の座標を告げたとき、真実を語っていなかったと、依然として主張するか？」

「ええ」と、アクール。

「われわれはまだヴァアスレ人と直接交渉していないので、あなたの情報はすべて、アイスクロウの証言から得たものだ。あなたはこれらすべての証言を検証したうえで、論理的かつ客観的にまちがいないと判定したのか？」

「ええ」

「いいかえると、あなたはわたしを嘘つき呼ばわりするのだな」

突然、アクールの大きな目が輝きを失った。まだステップは踏んでいるが、動きが遅くなった。このあいだ異人がいったことを思いだしたのか？　もう逃げ道はなかった。評議会メンバーの前で意見を表明してしまったのだから。

「ええ。わたしはあなたを嘘つきと呼びます」と、かれ。

ティフラーが鋭くかれを見つめた。その数秒でアクールがひとまわりちいさくなったように見えた。テラナーはそのあいだにアクールのかたわらを通りすぎ、評議会代表団の最前列の席に歩みよった。すくなくとも、先入観のない者にはそう見えた。アクールはどうにか切りぬけられたことにほっとして、いっそうせわしなくステップを踏んだ。ティフラーが右足を伸ばし、アクールの左のすねに引っかけたのはほとんど見えなかった。目にもとまらぬ早わざだった。衝撃を受け、ヴァアスレ人はバランスを失った。かれは甲高い叫び声をあげながら、つかまるところを探して二対の腕を振りまわした。弱々しく見える胴体が中央で折れ曲がり、アクールは横向きに転倒した。床に倒れたとき、きしむような乾いた音がした。

評議会代表団は驚きのあまり、無言でじっとすわっていた。前代未聞のことだ。メンバーのひとりが身体的攻撃を受けた！　信じられないような驚愕に、大きな複眼が暗い赤色に光っていた。ジュリアン・ティフラーはかまわず歩きつづけた。うしろでぎくしゃくと立ちあがるアクールのことは一顧だにしなかった。ヴァアスレ人は大きなけがはしていない。かれの身体物質は、転倒してもなんの傷も受けないほど比重がちいさいのだ。

最前列の席の二メートル手前で、ティフラーは立ちどまった。

「罰も受けずにわたしを嘘つき呼ばわりする者がいる」かれが話しはじめた。「われわれとの最初の交渉をおこなうようあなたたちが委託した人物は、新しい認識を受けいれようとしない頑迷なおろか者だ。われわれは心ならずもネイスクールに漂着したが、目的地はまったくべつだった。シラグサのブラック・スターゲートによって宇宙の未知の領域に運ばれたと知ったとき、われわれの第一の関心事は、スターロードの秘密を究明して、一刻も早く出発地点にもどることだった。アイスクロウは助けにならず、ヴァアスレ人からは、これまで、不信といわれない疑惑ばかりを向けられた。さらに悪いことには、カアリクス滞在中、われわれはスパイされていた。このことをアクールに報告し、すくなくともひとつの証拠を手わたしたにもかかわらず、アクールは信じようともしなかった。

われわれがこれ以上ここに滞在しても、あなたたちにもわれわれにも利益はない。あなたたちはわれわれの帰郷に必要な情報を持っていないのだから。われわれは〝ブネスクローレ〟を探し、かれらに助言をもとめなければならない。この点についても、あなたたちは手助けできない。そうしたくても、〝ブネスクローレ〟への道をしめすことができないだろう。かれらから委託と命令を受けていても、かれらがどこに住んでいるか知らないのだから。

スペースフェリーを使わせていただけるようお願いする。われわれはできるだけ早くカアリクスを去るつもりだ」

かれはからだの向きを変えると、ホールの反対側へもどった。このあいだにアクールは完全に起きあがっていた。ティフラーが近づいたとき、アクールは防御するように腕を顔の前にあげ、あわてて二歩さがった。ティフラーはかれに目もくれなかった。ティフラーが席につくと、ボルダー・ダーンのつぶやきが聞こえた。

「よくほえましたな」

向こう側では評議会のメンバーが額をよせて小声で相談していた。アクールは鈍い動きで自信なげに出口のほうに向かった。突然、ヴァアスレ人たちが立ちあがった。大きな扉が開かれた。ヴァアスレ人代表団はホールから出ていき、アクールも連れていった。のこったのはパルワーリャだけ。かれはホールの中央に進むと、いった。

「われわれがたがいにかかえている困難は、誤解によるものかもしれません。しかし、最初にアクールに対してなされた非難は正当ではない。あなたたちが主張している場所からはだれもこられない。そこにはブラック・スターロードがないのですから。そのほかの点では、あなたと意見が一致しています。これ以上の交渉は、どちらの側にも利点がない。あなたたちの願いは聞きとどけられます。町の南の宇宙港に、あなたたちを船にもどすスペースフェリーが待機しています」

かれは立ったままだ。ジュリアン・ティフラーは、ホールを去るようもとめられていると感じ、立ちあがって同行者に合図した。ギャラクティカー派遣団は、パルワーリャの油断のないまなざしを受けながら、足並みをそろえてホールを横切った。

扉のところで、ジュリアン・ティフラーはもう一度振りかえり、驚くべき発見をした。正面入口のななめ上、壁と天井が交わる角のところに、目立たないグレイの、ちいさくて長い物体が張りついていた。パルワーリャに伝えるべきか、ティフラーはしばし考えたが、首を振って、歩きつづけた。

深刻にとる必要はなかったのだ。むしろ、にやりとするべきだろう。未知者は、好奇心を公正に分配していた。天の川銀河からきた異人と同じように、ヴァアスレ人のこともスパイしていたのだ。

4

ゆっくりとおごそかに、スティレット型宇宙船は惑星の陰から出て《ペルセウス》に向かった。恒星マウルーダの反照のなかできらめく、八百メートルの長さの美の傑作。

ポンティマ・スクドは、カアリクス出発後すぐに連絡してきた。非常によく情報を得ているようだ。協議がおこなわれ、ジュリアン・ティフラーが派遣団もろとも、まったく非融和的にヴァアスレ人に別れを告げたことも知っていた。クテネクサー人は、ガムクアムへ旅する用意はできたかとたずねた。ティフラーの答えは、

「もちろん。若干の条件について合意できるならば」

「それは困難ではないでしょう」ポンティマ・スクドはそういうとすぐに、二十分後に《ペルセウス》の舷側に行くと予告した。

かれは時間厳守だった。かれが〝アルマンプアラ〟と呼ぶ、〝機敏な美女〟という意味の宇宙船が、百メートルのところまで《ペルセウス》に近づき、二隻が動かずならんで宇宙を漂っているように見える程度に速度を調整した。《カシオペア》は同じ軌道を

移動しているが、数キロメートル先を進んでいる。《バルバロッサ》からはいまだに音沙汰がなかった。《アルマンプアラ》がエネルギー・チューブを形成し、そのチューブは《ペルセウス》によって、大きなサブ赤道環エアロックと耐圧接触するように制御されている。《ペルセウス》の司令室のビデオで、三つの人影がチューブを通って移動するのが見える。ポンティマ・スクド、アルゲイブン・ヌグード、バラクン・ツェカムだ。ボルダー・ダーンはかれらを〝三人の小鬼〟と呼んでいる。

「ただ、不思議なのは、なぜかれがいつもほかのふたりを連れているのかということだ」肥満したテラナーは、クテネクサー人の姿がエアロックに消えたあとにつぶやいた。

「あのふたりがしゃべるのは聞いたことがない」

エアロックで、ポンティマ・スクドと同行者は、ラス・ツバイ指揮下の五人のグループに迎えられた。つき添われて司令室まで行くと、そこでジュリアン・ティフラーが歓迎の意をあらわした。ティフラーは挨拶の言葉を述べたあとで、気づいた。

「オクロノシュはいっしょではないのだな。われわれは記録に値いする会話をするのだと思っていたが」

驚いたことに、この言葉はクテネクサー人にはひどく不都合なようだった。ポンティマ・スクドの顔がひきつり、目は不快感を反映して暗い光を帯びた。

「オクロノシュについて、なにも好都合なことを報告できなくて残念です」クテネクサ一人がいった。「あとからわかってきたのですが、おそらく遺伝的な設計ミスでしょう。かれの調子がよくありません。近いうちに失うことになるのではと危惧しています」

ジュリアン・ティフラーはどう反応してよいかわからなかった。オクロノシュは合成生物、ドロイドだ。しかし、その運命がポンティマ・スクドには気がかりなようだ。

「一度マーボングに診《み》てもらうとよいかもしれませんな」ボルダー・ダーンが提案した。

ティフラーは非難に満ちたまなざしで副官を見た。《ペルセウス》の首席医師マーボングは、かれにつきまとう〝理髪師兼外科医〟という評判ほど腕が悪いわけではけっしてない。しかし、クテネクサー人のドロイドを治療するようもとめるのは、たしかに荷が重いだろう。ボルダー・ダーンは冗談のつもりでいったのだが、ティフラーの怒りの反応を見てすぐに黙った。

ティフラーはオクロノシュの容体が悪いことに遺憾の意をあらわした。それから、ボルダー・ダーンとラス・ツバイをしたがえて、司令室に接したちいさな会議室に客を案内した。会議室は、クテネクサー人にも心地よく感じられるように、大急ぎで調えられていた。

「ガムクアムへの航行について話しましょう」ポンティマ・スクドが会話を開始した。「あなたとあなたの同行者をわれわれの船の客としてお招きします」

かすかなほほえみがジュリアン・ティフラーの顔をかすめた。よく考えてみると、そうした提案を予期していたのだ。その提案に不信感をあらわしても、だれも悪くとらないだろう。《アルマンプアラ》内ではかれは無防備になるのだから。どうして、ほとんど知らないクテネクサー人に運命をゆだねる必要があろうか？　しかし、かれは、ポンティマ・スクドの気質を理解していると信じていた。ポンティマは害のない者だ。悪いことはなにも考えていない。動機はべつのところにある。かれは恐れているのだ。ミュータントだけでなく、異人の技術も。異人をひとまとめに嘘つきとしてかたづけるのでなく、かれらの話が事実にもとづいている可能性をすくなくとも検討するという点では、アイスクロウやヴァアスレ人ほど狭量ではない。だが、完全にギャラクティカーを信用しているというわけでもない。ギャラクティカーがかれに害をくわえないようにしておきたいのだ。

ティフラーが提案に進んで同意したことに、ポンティマ・スクドも驚いただろう。反対に、ティフラーはこれでよりよい交渉の立場を手に入れた。かれがポンティマ・スクドに信頼をしめせば、同行者を選ぶにあたって、クテネクサー人がより自由な裁量にまかせてくれることが期待できる。実際、ティフラーが五人の護衛を連れていくことが即座に合意された。そこにはニア・セレグリスとボルダー・ダーンもふくまれたが、ミュータントはふくまれなかった。ティフラーの留守中はラス・ツバイが遠征隊の指揮を引きついだ。《ペルセウス》と《カシオペア》はマウルーダ星系の外側十光時の位置につくこととなった。それ以上はなれると、《バルバロッサ》がもどってきたときに、どこに行けばよいかわからなくなってしまうから。

《アルマンプアラ》への移動準備は迅速におこなわれた。ポンティマ・スクドは、客人が我が家にいるようにくつろげる宿所を調えると請けあった。別れの挨拶はかんたんだった。クテネクサー人が《ペルセウス》を去ったところで、フェルマー・ロイドがティフラーをわきへ引っぱった。

「幸運をお祈りします」と、ロイド。「あなたには危険を冒す勇気がある。でも、重大な危険があるとは思いません。かれらの意識に入りこんでも、明確な思考はひとつも認識できません。すくなくとも、われわれにとって重要なものはなにも。ただ、かれらの精神的な基本姿勢は特定できます。かれらは害のない、正直な道づれです。そして、意識の裏のどこかで、なにかをしくじるかもしれないという不安をいだいています」

握手を交わして、ジュリアン・ティフラーは《アルマンプアラ》に向かった。

＊

画像は、ガスが赤く燃えあがる道をしめしていた。炎の舌がのこり火を突きぬけて襲いかかり、防御バリアのエネルギーのおおいをなめる。船は、しずかに規定の航路にしたがっていた。ときどき、短く痙攣するような振動が巨大な船体をはしる。殺人的な周囲の環境が異物に対しておよぼそうとするすべての影響を、エネルギー・バリアによって百パーセント相殺《そうさい》できるわけではない。防御バリアを貫通する作用が耐えうる程度に減縮されることで満足しなければならない。

ジュリアン・ティフラーは、ブラックホールの地獄の道をすでに一度通ったことがある。しかし、そのとき、つまりシラグサ・ブラックホールでは、すべてがちがっていた。シラグサは銀河間空虚空間にある銀河系のはるか外側に位置し、降着円盤らしきものがあるだけだった。反対にボウスホルには、膨大な量の星間物質が流れこんでいる。ブラックホールの質量はソルの十一倍。事象の地平線の直径は六十五キロメートルだが、降着円盤の輝くプラズマ流は数千キロメートルも宇宙へのびだしている。

《アルマンプアラ》の中央司令室は、巨大なスティレット型船の船首先端にあった。事象の地平線への困難な進入はオートパイロットにまかせたままだ。ほぼ光速の反応速度と、膨大なデータ流を数マイクロ秒で処理する能力をそなえたオートパイロットは、どんな有機生命体よりもはるかにこの任務に適している。ポンティマ・スクドは制御コンソールのそばにすわり、船載コンピュータがしめす表示を追っている。数メートルはなれたところに、ヒューマノイドの体形に合わせて調整された椅子がいくつか据えられていた。急いでつくったらしい。椅子は窮屈で、自動安全ベルトのとりつけ方から、ヒューマノイドの解剖学的構造を表面的にしか理解していないことがわかる。

ニア・セレグリスとジュリアン・ティフラーは隣りあってすわっていた。大きなスクリーンをじっと見つめている。そこには、数百万度に熱せられたガスの塊りがあらゆるスペクトルの色に輝きながらたぎるようすがしめされている。ふたりの人間は、椅子に深くからだを押しこんでいた。下手《へた》なつくりのクッションが、四方八方から迫ってくる天変地異の力に対する防御を提供してくれるかのように。ニアとジュリアンはたがいに手を握っていた。不安だったのだ。論理的思考のはるか下の意識レベルでは、触れあいは安心感をもたらす。

ジュリアン・ティフラーの頭のなかを数字が飛びかっていた。事象の地平線のすぐ上では、重力勾配はびっくりするような値いになる。わずか一メートルの距離で重力は数百万Gも増大する。人間の理解力では、外の地獄を具体的に想像することはできない。エネルギー・バリアが、ブラックホールの絶大な力を締めだす繭を形成している。たった一秒でもそれが機能しなくなれば、船はゴム糸のように引きのばされて、最後にはずたずたになってしまうだろう。そう考えるだけでも毛穴から汗が噴きだしてくる。

《アルマンプアラ》の速度が降着円盤の回転速度に適合すると、輝くプラズマの塊りがとまったように見え、船が静止しているように思える。事象の地平線のはるか上方から見ると、船が光速の五十パーセント以上の速度でらせん軌道を描きながら架空の境目にねじこまれていくように見えるだろう。そのとき、観察者の視点からは、らせんがだんだん円形に近づくので、事象の地平線への接近がしだいにゆっくりになる。目に見えない恐ろしい境目の数キロメートル手前ですでに、宇宙船の乗員とそれに関与しない観察者との、ふたつの現実が相違しはじめる。この現象は〝慣性系の引きずり〟と呼ばれ、それによって《アルマンプアラ》は事象の地平線のまわりを旋回している。

移行はまったく突然だった。ぬぐったかのように、電離したガス雲のまぶしい炎が消えた。おだやかで乳のような、白一色の光が船を満たした。巨大な船体はもはや振動していなかった。ポンティマ・スクドが見つめるコンソール上の発光表示の動きもしずかになった。《アルマンプアラ》は、事象の地平線の下方にある微小宇宙に入ったのだ。

クテネクサー人が立ちあがった。第二のスクリーンが輝きはじめた。等方性の光の靄を通して、城塞の塔を思わせる建物が見えた。

「ボウスホル・ステーションです」ポンティマ・スクドがいった。「五光分の距離にあります。画像は探知データを使って生成したものです」

微小宇宙は、事象の地平線の上方にある通常宇宙とは異なる、独自の法則性と時空構造を有している。外側から見ると、ボウスホル・ブラックホールの直径は六十五キロメートル。それに対して、微小宇宙は数千光年の大きさがある。その内側では時間の流れが外側とは異なり、通常宇宙から測定される殺人的な重力の吸引力はおだやかな牽引力に変わる。

「遷移インパルスを出します」と、クテネクサー人。

かれはスイッチにもボタンにも手を触れなかった。船載コンピュータがかれの言葉を理解し、命令と解釈する。移行段階なしに、おぼろな明るさが輪郭のない暗闇に変わる。制御ステーションが、ブラックホールの特異点を通してスターロードへと、船を放出した。

暗闇のなかにいたのはわずかな時間だ。ニアとジュリアンには、スクリーンがふたたび散漫な白色に輝きはじめるまで数秒しかたっていないように感じられた。この飛行段階もまた、わずかな時間しか要しなかった。船載コンピュータが転送インパルスを送出した。光の靄につつまれて見えない制御ステーションが、それに反応し、《アルマンプアラ》を事象の地平線をこえて通常宇宙へと搬送した。すぐに、画面上にものすごい量の星があらわれた。大部分は大量の熱を発する、若く青い星で、あちらこちらで密集していて、灼熱する雲を形成しているように見えた。

「たったいま、シンテクス・ブラックホールから通常宇宙へ搬送されました」翻訳されたポンティマ・スクドの言葉が聞こえた。「ネイスクール銀河の中心星域へようこそ」

＊

眺めはすばらしかった。ゲストハウスは急勾配の山腹にあった。テラスから、長くたいらに突きだす岬に両側をかこまれた入江の浜まで見わたすことができる。海は鏡のようにしずかだ。潮の干満が交代する時間だった。水平線の向こうに、赤金のゴングのように恒星ガムクアムがかかっている。恒星は陸地に赤い輝きを注ぎ、海の青を荘厳な深紅色に変えていた。

風はなかった。湿った暖かい空気のそよぎもない。森の藪から未知の動物のざわめきが聞こえる。密生したみずみずしい木の葉《こ は》のあいだから、ところどころ明るいベージュ色の屋根がのぞいている。沈思の世界マレーシュの夕べだ。深紅色の海を存分に眺めていると、心に平和が訪れる。

異生物学者で砲手でもあるガリバー・スモッグは、思いにふけりながら大部屋にもどった。いつもなら騒がしく、だれに対しても無礼なことを美徳としているかれが、突然寡黙になり、思いにふけっている。自分の足音が今宵の平和を乱すのを恐れるかのように、慎重に歩いている。二百キログラムを超える体格のかれにはかんたんではないにちがいないが。かれは開いたドアの下で立ちどまった。派遣団のほかの五人は、ドアのわきにつづく大きな窓から、山をくだって海まで見わたせるように椅子をならべていた。

無骨者ガリバー・スモッグは深くため息をついた。

「ここはまあまあだな」かれは確信に満ちた口調でいった。「いつか退職したら、ここへもどってこよう」

ティリィ・チュンズが曖昧《あいまい》な身ぶりをしていった。

「けっこうだね。でも、わたしが思うには暗すぎる」

かれのいうことはわかる。かれは恒星フェルトのまぶしい光のもとで育ったのだ。かつて、世界がまだ秩序をたもっていたころに。

「たしかにいいわね」プロフォス人のヴァンダ・タグリアがいった。「でも、故郷から遠すぎる。ニュー・テイラーから二百キロメートルとはなれていないところにちょっとした場所を知ってるの。ここと同じように手つかずの自然があって、ロマンティックよ」

彼女に五分しゃべらせたら、もう故郷の話だ、とジュリアン・ティフラーは思った。かれは疲れていた。長い一日だった。恒星ガムクアムのふたつの惑星のうち内側にあるマレーシュは、かんたんに宇宙艇やスペースフェリーで着陸できる世界ではなかった。マレーシュは、地球の直径の一・二五倍の大きさで、亜熱帯から熱帯の気候と、二億二千万平方キロメートルの利用可能な陸地を有するが、定住地はまばらだった。しかし、〝アトゥーレ〟にとってはそれがちょうどよいらしく、そのままでいたいと思っていた。マレーシュを訪れようとする者は、アトゥーレにとどけでて、訪問の理由を述べなければならなかった。アトゥーレは賢者であり、マレーシュをおさめる哲人君主だ。かれらは五、六十名いて、着陸許可を出す前にたがいに協議しなければならないため、請願者は決定通知を受けとるまで、半日か、あるいは丸一日待たねばならないこともあった。マレーシュ上空では、段状に積みかさなったいくつもの軌道レベルで渋滞が発生していた。ポンティマ・スクドは、早くも八時間後に着陸許可をもらうことに成功した。かれの名はマレーシュでは重みがあるらしかった。かれとその同行者は歓迎され、アトゥーレであるジオン・シャウブ・アインの監督領域にあるゲストハウスが提供された。《アルマンプアラ》の宇宙艇が着陸したちいさな宇宙港は、ゲストハウスのうしろに高くそびえる山の尾根の反対側にあった。三名のクテネクサー人、およびジュリアン・ティフラーと五人の同行者は、大量の荷物を持って到着した。マレーシュ滞在がどのくらい長くなるのかはわからない。

建物は二階建てだった。一階にはクテネクサー人が居をかまえた。上階のひろい部屋に、効率よく成形された組みたて用部品があり、だれもが好みに合わせて家具を組みたてることができる。マレーシュは星間の顧客に対してしっかりと準備されていた。自動キッチンにはさまざまな基本的食糧が大量に用意され、あらゆる代謝に合わせた食事ができるようになっている。すべてが非常に効率的に組織されているようだ。惑星マレーシュは、娯楽をもとめてネイスクールじゅうから集まる者たちに、個別にアレンジされたあらゆる快適さを提供することで生活する観光地、そう思えるかもしれない。

だが、それは大きなまちがいだ。《アルマンプアラ》が宇宙艇の着陸許可を待って軌道にいるあいだ、ポンティマ・スクドが、沈思の世界の真の特質とその住民について説明してくれた。マレーシュでは、知恵、精神の調和、宇宙の複雑な関係性への洞察がもとめられており、アトゥーレは、かつて地球で導師と呼ばれていたような存在だった。そのほか、かれらはそれぞれの監督領域を、ゆるやかで友好的な手法で統治していた。マレーシュはネイス現地住民に対しても異人に対しても、哲学的な相談に乗っていた。ここを訪れるのは自己形成のためのクールにとって人生の知恵の聖地だった。

ポンティマ・スクドの知るところでは、この惑星の現地住民は二十億そこそこで、ギムトラという種族のみから構成されていた。ギムトラは節足種族だ。クテネクサー人が見せてくれたビデオでは、ぜんぶで六本の手足を持つ甲虫に似た生物のようだった。一対のうしろ足が力強く発達していて、直立して歩くことができる。しかし、休息時には、六本ぜんぶでからだを支えることを好んだ。キチン質の甲皮は暗褐色で、いぼ状の多数の封入体があった。頭部はたいらで、三角形の輪郭を有している。一見すると、くっついてならぶふたつの複眼があるように見えるが、よく見ると、実際には視覚器官はひとつだけで、頭部構造のまるい膨《ふく》らみのせいでふたつにわかれているように見えることがわかる。

ギムトラ、とりわけアトゥーレは、ポンティマ・スクドの考えによれば、ティフラーの問いの答えに必要な知識をいちばん多く持っている。ジュリアン・ティフラーとしては、クテネクサー人が一導師と引きあわせてくれ、ふたたび自分の宇宙船にもどれるのを待つしかなかった。ポンティマ・スクド、アルゲイブン・ヌグード、バラクン・ツェカムが一切合切《いっさいがっさい》を持って引っ越しをし、居をかまえたことは、ティフラーを驚かせた。かれらもジオン・シャウブ・アインのもとで知恵をわかちあいたいのだろうか？　ポンティマ・スクドはクテネクサー人をブラック・スターロードの管理者と称した。かれらにとっては、スヴェルダイスタであるモイシュ・ブラックホールに三隻の異人船が到来したことで生じた謎の答えを知ることは重要な関心事だ。

しかし、なにかがしっくりこない。ポンティマ・スクドにとって謎を解くことだけが問題なのであれば、同胞だけを連れてマレーシュに飛行することもできたろう。かれは異人の話を知っているのだから、ジュリアン・ティフラーとその派遣団をいっしょに連れてくる必要はなかったはず。つまり、ティフラーがアトゥーレの知恵の輝きを享受しているあいだに、まだほかになにかが、この沈思の世界で起こるということだ。

クテネクサー人がマレーシュへの旅という考えにいたったのは、おそらくは膨大な情報を有する未知の依頼者に、イル・シラグサと《ナルガ・サント》についてのティフラーの質問を報告したあとのことだ、というのが依然としてティフラーの仮説だ。

マレーシュで未知者との会談があるので、ポンティマ・スクドが呼びだされたという可能性もある。この会談を、ジュリアン・ティフラーは逃さないつもりだ。そのために三名のクテネクサー人を昼夜監視させることになったとしても。長い謎解きと、ネイスクールの知性体の無知と狭量さからくる欲求不満とがまもなく終わりを迎えると思うと、爽快な気分になった。

＊

マレーシュでの通信手段はネイスクール銀河の標準に準じていた。固定式にとりつけられた画像装置が、自由に浮遊するホログラムを使って実験しようする、空想力あるエンジニアを待ちわびていた。

ポンティマ・スクドは呼びだしに驚いたようだった。ジュリアン・ティフラーが用件を伝えると、かれはためらった。本当は断りたがっている、そんな印象を受けた。なにが問題なのか？　ほかに予定があるのか？　だが結局、ポンティマは考えなおした。

「よろこんでお会いしましょう」と、かれ。「扉はあなたのために開かれています」

一階と二階は、短いがひろびろとした反重力シャフトでつながっていた。ジュリアン・ティフラーは下におりて、建物を横切っている、明るく照らされたひろい通廊に出た。ポンティマ・スクドの言葉はけっして比喩ではなかった。クテネクサー人の部屋につながる扉は本当に開いていた。

アルゲイブン・ヌグードとバラクン・ツェカムの姿はどこにも見えなかった。ポンティマ・スクドだけがテラナーを迎えた。かれの態度にはいらだちがうかがえた。明らかに、ティフラーの訪問がすぐ終わることを願っていた。

「わたしのお願いはあなたを驚かせるかもしれない」ティフラーが話しはじめた。「オクロノシュに会いたいのだ」

かれはクテネクサー人を鋭い目で観察した。赤い目がすこし輝きを失っている。ポンティマ・スクドは床に目を落とした。驚いたようには見えなかった。むしろ、そうした要求をとっくに予期していたようだった。

「どうして会いたいのです？」

「わたしは、かれになにがたりないのかを知っていると思う」ティフラーが答えた。翻訳のせいで、クテネクサー人にはこの言葉遊びがおそらくわからないのが残念だった。

ポンティマ・スクドはふたたびためらい、それからいった。

「それはいい。オクロノシュに会ってください」

かれは向きを変えた。部屋の後方の扉が開き、かれは数分間姿を消した。もどってきたときには、かれのうしろを反重力プラットフォームが浮遊していた。その上にドロイドがうずくまっている。哀れな光景だった。オクロノシュは身体物質の三分の二を失っていた。

「かれを助けることができるのですか？」ポンティマ・スクドがたずねた。

「いいや」と、ジュリアン・ティフラー。「わたしは、かれになにがたりないのかを知っている、といったのだ。助けを必要としているとは思えない。どこからそれを手に入れたのだ?」

ポンティマ・スクドは答えに時間をかけた。赤い目はじっとテラナーに向けられており、まるでテラナーの魂にわけ入ろうとするかのようだ。

「カアリクスへ旅する依頼を受けたとき、ある人からゆだねられたのです」トランスレーターから、そう聞こえた。

「〝ある人〟。それはだれだ?」

「あなたは執拗だ」ポンティマ・スクドが苦情をいう。「情報を提供できない事柄もあります」

「〝ブネスクローレ〟についてはなにを知っている?」ティフラーがたずねた。

ポンティマの顔がこわばった。開いた口から不快な音がもれた。

「どうしてその言葉を知っているのです?」クテネクサー人は興奮してたずねた。「だれがあなたにその名を告げました?」

「アクールが」

ジュリアン・ティフラーは、ちいさくてグレイの、長いやつのことを考えた。ヴァアスレ人評議会との協議がおこなわれた部屋の壁と天井のあいだの角で、それを見たのだ。

〃スパイはだれか？〃それが問題だった。〃ブネスクローレ〃という言葉が協議中に何度も発せられたことをポンティマ・スクドが本当に知らないのなら、かれは犯人ではありえない。

「アクールとは何者です？」

「知ってるだろう」と、ティフラー。「かれは、あなたとお仲間がはじめてわれわれを訪ねてきたときに取り次ぎをした」

「ああ、思いだしました」クテネクサー人が認めた。「カアリクス評議会の下役ですね。頭に浮かんだ言葉を使うのはかれの自由です。かれが〃ブネスクローレ〃でなにをいわんとしたか、どうしてわたしにわかるでしょう？」

クテネクサー人のしぐさに通じている必要はなかった。かれがこのテーマを不快に感じ、会話の終わりを切に願っていることは明らかだった。

「わたしはあなたを信頼している、ポンティマ・スクド」ジュリアン・ティフラーが生まじめにいった。「自分の船があるにもかかわらず、あなたの船に乗っていっしょにマレーシュへ旅をした。あなたがわたしにとって異人であるにもかかわらず、あなたの力に身をゆだねた。わたしは遠くからきている。わたしの唯一の関心事は、故郷へもどれるようにするための情報を得ることなのだ。ネイスクールの種族には、なんの災《わざわ》いもおよぼすつもりはない。もしそのつもりでも、わたしの戦力はあなたたちを大きな危険にさらすにはすくなすぎるだろう。あなたにはもっと率直になってほしいのだ、ポンティマ・スクド」

クテネクサー人が突然向きを変えた。じっと立ちつくしている。それでこれ以上テラナーの視線に耐えなくてすむ、とでもいうように。

「もう行ってください、異人よ」かれが押しだすようにいった。「この会話はなんの役にもたたない。いってはいけないことはいうわけにいきません」

ティフラーは扉に向かった。もう一度振りかえった。いいたいことが喉まで出かかっていたが、最後の瞬間に考えなおし、部屋を出た。

今回は反重力シャフトを使うのをやめた。通廊の端に、屋外に通じる扉があった。恒星ガムクアムはとっくに沈んでいた。銀河の中心の星のきらめきが夜空を飾っている。マレーシュの三つの衛星のひとつが数分前にのぼったところだ。赤く、あばたでおおわれていて、昆虫にかじられたトマトみたいだ。明るい夜だった。

ジュリアン・ティフラーは、数十メートル斜面をのぼった。情況は決着に向かっていると確信していた。ポンティマ・スクドをもうすこしきびしく問いつめればよかったかもしれないが、そうしたらクテネクサー人は卒倒しただろう。辛抱した甲斐《かい》があった。まもなく、これまで知らされてこなかった情報が手に入るだろう。森の端が目の前に見えたところで、かれは引きかえした。熱帯の夜は湿って暖かく、急斜面を大股で走破しようとして額から汗が出た。片持ち梁《はり》の建築様式でつくられたテラスの下に、八十平方メートルほどの、天然石を敷いたスペースがあった。ティフラーが扉に向かって歩くと、足音が夜の闇に響いた。赤い月の光が、斜面に面した建物の側面にななめに当たり、山の上をさす影ができている。建物の角は垂直線で切断されているので、影も定規で線を引いたようになるはずだった。

湾曲した影は、しだいにヒューマノイドのかたちになった。ジュリアン・ティフラーはそれを見て、立ちどまった。

「だれだ？」と、かれ。

返事はなかった。かれは建物の角に近づいた。すると影が動きだした。輪郭のはっきりしないシルエットが建物の側面からはなれ、斜面に沿って植えられた背の高い藪へと急ぐ。見知らぬ人影は藪のなかに消えた。ヒューマノイドの姿だった。のこされた足跡を探そうとジュリアン・ティフラーが身をかがめると、そこにはテラの靴と思われるものの跡があった。

「苦労してかくれる必要はない」かれは夜の静けさに向かって大声でいった。「いつか、たがいに話さなければならないときがくる」

＊

朝がようやく訪れた。マレーシュは三十八時間かけて軸を中心に一周する。ガリバー・スモッグとヴァンダ・タグリアは、自動キッチンにおいしい朝食を出すよう指示することを命じられ、巧妙に任務をはたした。ティリィ・チュンズはブルー族の流儀にしたがって食事を用意したが、これまた自動装置を賞讃するしかなかった。

ポンティマ・スクドが日の出の直後に連絡してきた。かれは丁重そのものだった。前の晩にティフラーとのあいだで口論があったことにはひとことも触れなかった。

「アトゥーレとの会談をとりきめました」と、かれ。「もしいっしょに行きたければ……わたしは一時間後に出発します」

「そのためにここにいる」ジュリアン・ティフラーが答えた。「もちろんごいっしょしよう」

ゲストハウスには地下駐車場があり、そこに三台のエアカーが駐車されていた。ジュリアン・ティフラーはボルダー・ダーンを同行者に選んだ。ポンティマ・スクドがハンドルを握った。車輌は斜面を滑りおり、迷うことなく、入念に手入れされた林道に出た。林道はジャングルの藪のなかをまっすぐにのびている。色鮮やかなチョウが木漏《こも》れ日のなかを舞っていた。ほとんど音を立てずに森のなかを移動する車輌の前で、羽の生えた小動物が逃げだした。蔓《つる》植物でおおわれた左右の木々のあいだで、毛皮のある生物が跳ねまわっている。テラナーの目にはキヌザルとリスの交雑種のように見えた。暖かさと無邪気な生物にあふれた平和な世界だ。ジュリアン・ティフラーは、きのうガリバー・スモッグがいった言葉を思いだした。ここはまあまあだ。仕事を成しとげ、休養するときがきたら、ここへ隠遁することもできる。

アトゥーレは哲人君主と呼ばれている。しかし、ジオン・シャウブ・アインの住まいは豪奢とはほど遠かった。森の木で建てられ、バナナに似た植物の葉を扇状に束ねたものをかぶせたまるい小屋が、賢者の家だった。それは、入江を東に向かって区切る岬の南端近くの空き地に建っていた。小屋のすぐ隣りに、細長い長方形の飾りのない建物がそびえている。ジオン・シャウブ・アインはそこで講義をおこない、建物には五百名以上が収容できるのだと、ポンティマ・スクドが説明した。

小屋の内部は、細い枝で編まれた間仕切りによってふたつの部屋にわけられていた。色鮮やかなカーテンが通路をおおいかくしている。床には柔らかな絨毯が敷かれていた。わずかな家具調度は、異国ふうの品々からなっていた。壁の木からは、スギを思わせる香りが漂っている。

色鮮やかなカーテンがわきへはらいのけられ、家の主があらわれた。ジオン・シャウブ・アインは、直立姿勢で一メートル半くらいの大きさだった。衣服は明るい色のカフタンで、革のベルトで締められていた。賢者は鋭いまなざしで客を見つめた。かれはテラの乗馬用の鞍《くら》に似た家具に腰をおろし、その上に腹ばいになると、腕と足をぶらぶらさせた。それから、話しはじめた。かれの声はしわがれていた。ネイスカムを話しているが、その話し方は、ヴァアスレ人の柔弱《にゅうじゃく》なさえずりともクテネクサー人の甲高い鳴き声とも異なり、朗々として力強かった。

「あなたたちの出自に関する証言については、報告を受けている」と、トランスレーターから聞こえてきた。「あなたたちはわたしに助言をもとめるためにやってきた。できるかぎりの情報をあたえよう」

ジュリアン・ティフラーがほほえんだ。

「かならずしもそうではないのだ、賢者よ」かれが答えた。「出自に関する助言は必要ない。自分たちがどこからきたかは知っている」

「しかし、あなたたちはだれもこられないところからきた」ジオン・シャウブ・アインが反論する。「このことは解明を要する」

「このことも、ほかのこともだ」ティフラーが賛同した。「われわれは、イル・シラグサという名の同じ種族の人間と、《ナルガ・サント》という巨大宇宙船の話をしている。両方とも、われわれと同じ道をやってきた。われらが友ポンティマ・スクドは、あなたがそれについて聞いたことがあるのではないかと考えている」

ギムトラの目が奇妙に輝いた。

「遠い昔のことらしい」かれはしわがれた声でいった。「聞いたことがある。だが、耳に入った伝説にすぎない」

「われわれにとっては、かれらになにが起こったかを知るのが重要なのだ」と、ティフラー。「われわれはもどる道を探している。イル・シラグサの運命か《ナルガ・サント》について、なにか記録があれば、そこから学ぶことができるだろう」

「学ぶ」ジオン・シャウブ・アインは思いにふけりながらくりかえした。「むろん、学ばなくてはならない。しかし、古い記憶からではない。あなたたちは、ブラック・スターロードのネットワークに本来備わっている知恵を理解しなければならない。スターロードをつくった〝アノリイ〟の知恵に畏敬の念をいだかねばならない。宇宙の調和がブラック・スターゲートの調整にどう寄与しているかを理解しなければならない。そうしてはじめて、首尾よく帰り道を見つけることを期待することができる」

仰々しい長広舌《ちょうこうぜつ》はテラナーを困惑させた。

「アノリイとは何者だ？」ティフラーがかろうじてたずねた。ネイスカムの言葉で〝存在するもの〟という意味だが、それでは手のつけようがない。

「スターロードの創設者だ」ギムトラが答えた。

「ヴァアスレ人が〝ブネスクローレ〟と呼んでいるものだろうか？」

「そうだ。考慮すべきは、ヴァアスレ人がアノリイの知恵について真に理解しているわけではないということだ。だから、かれらは巨匠にとって正当でない言葉で間に合わせている」

「どこでアノリイを見つけられる？」ジュリアン・ティフラーがたずねた。

この質問はギムトラをおもしろがらせたようだ。

「かれらを見つけることはできない、わが友よ。かれらがあなたのケースに興味を持てば、かれらのほうからコンタクトをとってくる。かれらの注意を自分に向けることはできる。宇宙の調和について知られているすべてを学ぶ努力をすることで」

「どこで学べる？」と、ティフラー。アノリイと接触できるようになる前に、まずなんらかの研修を受けなくてはならないという見通しは、さほどよろこばしいものではなかった。

「ここだ」と、ジオン・シャウブ・アイン。「この場所はいたずらに〝ニルマール・オクヴァスナ〟、啓示の結節点と呼ばれているわけではない。多くの者が、宇宙の調和について聞きにやってくる。わたしの客になるといい。今晩、日暮れ直後にここへきなさい。好きなだけ友を連れてきなさい。あなたの探求にわたしが役だてるかどうか見てみなさい」

目の端で、ジュリアン・ティフラーは小屋の外で起こった動きをとらえた。このちいさな建物を構成している丸太はぴったり閉じているわけではない。隙間は枝でふさごうとしてあるが、それでもなお細い隙間があって、そこから恒星の赤い光がさしている。

外にだれかいる。ティフラーは小屋の壁にできた影を見ただけだ。空き地の明るさにくらべて小屋のなかは暗い。外にいる人物がなにかを見ることは期待できない。かれは盗み聞きするためにきたのだ。

ボルダー・ダーンは、鞍の上で憩うジオン・シャウブ・アインの姿にすっかり心を奪われていて、なにかに気づくことはなさそうだった。ポンティマ・スクドも気づいていないようす。賢者だけはなにかを見たようだった。かれはトランスレーターには翻訳できない声を発した。外の影が動いた。立ち去ろうとしている。みずみずしい草がその足音を消したが、それでもジュリアン・ティフラーには聞きとれた。

「こよう」かれは約束した。「手助けをしてくださることに感謝する」

「知恵とは、ほかの者とわかちあわなければ、なんの役にもたたない」ギムトラはもったいぶって答えた。

小屋を出たとき、ティフラーは、未知者が草の上にのこしたはずの痕跡を探し、それを見つけた。さほどはっきりした跡ではなかったが、昨夜かれが見たのと同じものであることは明らかだった。まさにテラの靴でできた跡のようだった。

5

明るい朝の光景が牧歌的だったとすれば、晩には、ギムトラが高度に発達した技術を使いこなしており、ジオン・シャウブ・アインの田舎風の生活ぶりはむしろ気まぐれによるものだということが明らかになった。森の空き地は、長方形の建物の屋根からぶらさがる太陽灯で明るく照らされていた。おだやかな、聞きなれない音楽が晩の暖かい空気のなかで鳴り響いている。開けた平地に多数の車輛がとまっている。建物のなかには、四百名をはるかに超える、さまざまな出自の生命体がギムトラの知恵にあずかろうと集まっていた。

内部空間は建物の底面積全体を占めていた。それぞれの体形や習慣に合わせて聴衆がくつろいでいる階上席は、中央から階段状に高くなっていた。建物の四つの側面のそれぞれにいくつかの入口があり、そこから各階上席へとスロープがのびていた。ホールの天井には大きな発光パネルがそなえつけられ、心地よい明るさをもたらしていた。空間には何百もの低い声によるざわめきが満ちていた。

ジュリアン・ティフラーの派遣団全員がここにいた。ポンティマ・スクドも異人に同行するといって譲らなかった。ティフラーはスロープをのぼり、周囲を見まわした。ホールはほとんど満員だった。あいた席はあまり多くない。指示をあたえる必要はなかった。この晩の詳細については、午後のうちに何度も話しあっていた。だれもが、なにが重要かを心得ていた。ガリバー・スモッグは黙って右に向かうと、最上階の、建物の長手の壁のすぐそばに席をとった。ヴァンダ・タグリアは、丁重な身ぶりで二名のギムトラに席を詰めてもらい、スロープの出口のわきにすわった。ティリィ・チュンズとボルダー・ダーンは、いちばん下の階の、まもなくジオン・シャウブ・アインがあらわれるはずのたいらなスペースからわずか数メートルのところに場所を見つけた。

異人の到着は注目を集めていた。聴衆は敬意をこめた好奇の目でかれらを見つめた。惑星カアリクスの〝品位ある休養場所〟での晩と同じだ。あのとき、ティフラーはネイスクールの住民の態度を奇妙だと感じた。いまでは事情がわかっている。かれの同行者全員が同じように関心を持たれるわけではないのだ。ポンティマ・スクドとティリィ・チュンズはほとんど注目されていない。注意を引いているのは五人の人類だ。

ジュリアン・ティフラーは、大きく突きだした目でかれを見つめていた生物に近づいた。その生物は、自分の好奇心に満ちたまなざしが不快に感じられたことに気づいたようだった。かれは頭をさげ、立ちあがってはなれていった。ジュリアン・ティフラーは、あいた席をニア・セレグリスに勧めた。ティフラーは立ったままでいた。

　屋外と同様に建物内でも聞こえていた異国ふうの音楽が、とどろき脈打つように最高潮に達し、そこで突然やんだ。大きなホールを閃光がはしり、まぶしさにくらんだ目がふたたび見えるようになると、ホール中央のたいらなスペースにジオン・シャウブ・アインが立っていた。

「テラニアで年の市の芸人がもっとうまくやるのを見たわ」ニアがつぶやいた。「だれに感銘をあたえようとしているのかしら？」

　ジュリアン・ティフラーは答えなかった。かれはピココンピュータ制御の通信システムをそなえた、軽い多目的コンビネーションを着ていた。トランスレーターは単方向モードにしてある。ネイスカムをインターコスモに翻訳するが、その逆はしない。

「全員持ち場についたか？」かれが小声でたずねた。

　移植組織として右耳のうしろにつけているちいさな受信機から応答が聞こえた。通信は問題なく機能している。ジオン・シャウブ・アインが話しはじめた。かれの声は、巧妙に配置された装置によって自然な音量の何倍にも増幅され、ホールのいたるところから鳴り響くように思われた。

「さらなる知識をもとめる者は賢明である。知識は力だ。真の力は、宇宙の調和の意味を理解する者にある。よく聞け、アノリイの卓越した知恵について語るのを。かれらは最初に宇宙の揺れを理解し、ブラック・スターロードを構築し……」

皮下にある受信機から声が聞こえた。

「南側、左のスロープです」ガリバー・スモッグの声だ。「たったいま、入ってきました」

ジュリアン・ティフラーはゆっくりとこうべをめぐらした。ポンティマ・スクドが隣りに立ち、熱心にジオン・シャウブ・アインの講演に聞き入っている。南側の左のスロープの出口に、背の高い、変装した人影があらわれた。床までとどく長さの、ずっしりしたグレイのケープからわかるかぎりでは、ヒューマノイドの姿のようだ。その陰気な衣服にはフードがついていて、未知者は顔が陰にかくれるようにフードをかぶっていた。

「もうひとりいます」ヴァンダ・タグリアの声がした。「東側のまんなか」

「……ブラック・スターゲートの制御ステーションに本来備わる技術を理解する者には」ジオン・シャウブ・アインの声が響く。「アノリイに雇われる機会があたえられる。アイスクロウとヴァアスレ人にそれが起こった。特別な技術的才能により、クテネクサー人はスターロードの管理者という名声ある地位を得た。そしてギムトラについていえば……」

「三人めです」マイクロ受信機からティリィ・チュンズのささやきが聞こえた。「北側の右」

かれらはみな同じように見えた。二メートルを超える大きさで、からだをすっぽりおおう、同じグレイのフードつきケープを着ている。なぜかれらがからだをおおいかくすのか、ジュリアン・ティフラーには謎だった。ジオン・シャウブ・アインと話すためにやってきた者たちの好奇心を恐れているのか？

ブラック・スターロードの真の主は、かれらの信奉者が大げさな口調でかれらの知恵を語っているあいだは認識されたくないのか？

この瞬間には、まだだれもかれらに注意をはらっていない。聴衆は賢者であるギムトラの話に夢中だ。かれはあまり具体的な話をしない。美辞麗句で飾られたおしゃべりからどうやってスターロードの秘密を理解できるのか、先入観のない者にとっては見当がつかなかった。だが、ジオン・シャウブ・アインはたしかに才能ある弁士なのだろう。鳴り響くようなしわがれ声だけで、そこにいる者の心を引きつけるには充分だった。

「いまだ」ティフラーがいった。

ガリバー・スモッグが立ちあがるのが見えた。《カシオペア》乗員から〝エルトルス人〟と呼ばれる大男には、群衆を押しわけて進むのはむずかしそうだった。だれも席から動こうとしない。もちろん、それがスモッグの狙いだった。かれの任務はちょっとした騒ぎを起こすことだったのだから。聴衆の、とりわけ変装した三人の未知者の注意を引くこと。かれは三名のトカゲ生物を乗りこえ、そのうちの一名の肩に膝を突きあてて、仰向けにひっくり返らせた。かれが建物から去ろうとしていることが周囲にわかるまで、最上階で騒ぎが起こった。相《あ》いかわらずうっとりとジオン・シャウブ・アインに耳をかたむけている聴衆には理解できないことだったが、ヒューマノイドに対する尊敬の念は大きく、聴衆は進んでわきによけた。

ガリバー・スモッグは巧妙に任務をはたした。かれがスロープの出口に到達したときには、三人の変装者はとっくにかれに注目していた。賢者は滔々《とうとう》と話しつづけている。一聴衆がかれの講演を評価せず、最後まで待てなくても、気にしなかった。スモッグは音を立ててスロープをおりた。ジオン・シャウブ・アインがすこし間を置いたとき、テラナーが声をかぎりに悪態をつくのが聞こえた。数秒後に鈍い音を立てて扉が開いた。

そのあいだに、ヴァンダ・タグリア、ティリィ・チュンズ、ボルダー・ダーンが動きはじめていた。かれらは〝エルトルス人〟より行儀よくことを進め、ギムトラの講演をじゃましないようつとめた。ジュリアン・ティフラーは、変装者たちがおちつきをなくしていることに気づいた。異人たちがよりによっていま立ち去ろうとしているわけがわからず、不信感をつのらせているのだ。かれらがどうやって意志疎通しているのかわからなかったが、おそらく、ティフラーたちと同様のやり方だろう。ホール南壁の人影が出口の方向に向かった。

ジュリアン・ティフラーは満足だった。ことは計画どおりに運んでいる。かれはニアにこいさく合図した。彼女はすぐにかれにしたがった。ポンティマ・スクドは、最後の瞬間になってようやく、自分の客が立ち去ろうとしていることに気づいた。びっくりした目つきをしたが、その場からは動かなかった。かれにとっては、賢者が話しているあいだにホールを去るなど考えられないことだった。

ティフラーはかれに向かって安心させるようにうなずいた。それから、ニアとならんでスロープをおりていった。

＊

かれらはジオン・シャウブ・アインの小屋の前で合流し、つつましい建物の捜索にとりかかった。さしあたり、変装者たちの姿は見えなかった。手前の部屋は、けさ訪れたので知っていた。後方の部屋には、簡素なベッドと、衛生上の目的のために設置された小部屋があった。小部屋のわきに戸外に通じるかんたんな開き戸があった。

ティフラーにとって、他人のプライヴェートな領域を嗅ぎまわるのは不愉快だった。しかし、目的に到達したければほかに手はなかった。かれは狭量な無知者に対してもう充分長く腹をたててきた。がまんの限界だった。

「わたしは外に出る」と、かれ。「わたしを見れば、グレイの連中はここへくるだろう。ジオン・シャウブ・アインの所有物をひっかきまわされるのは、不都合だろうから。きみたちは裏の出口を使って、小屋の陰に身をかくせ。むずかしいことにはならないと思う」

かれは外に出た。ギムトラの住まいと大きな建物をへだてる平地には車輛が列をなしてとまっている。三人の未知者を、かれらは〝アノリー〟と呼んでいた。ネイスカムで話される〝アノリイ〟は人類が発音するには困難だからだ。三人はたったいま出てきたところだ。中央入口の大きな玄関の下に立ち、すこし困惑しているようだ。

ジュリアン・ティフラーは小屋の陰から前に出た。三人がそれを見て、すぐに動きだした。テラナーは、かれらがなんらかの身ぶりで平和的な意図をしめしてくれればと思っていたが、なんの身ぶりもなかった。無言のまま、ぎこちない足どりで小屋に近づいてくる。ティフラーは、かれらが三十メートルのところまで近づくまで待った。それから身をひるがえすと、小屋のなかにもどった。

のこりの五人のメンバーは後方の部屋にいた。ニア・セレグリスが部屋の境目にいて、ティフラーの指示を待っている。アノリーの足音が聞こえた。ティフラーは壁ぎわに立ち、隙間から明るい戸外をのぞき見た。変装者たちは入口の前で立ちどまった。そのうちのひとりがネイスカムで叫んだ。

「出てこい、異人よ！　話がある」

ティフラーはトランスレーターの音量を最小にしていた。それでも翻訳された言葉は聞こえる。かれは返事をしなかった。一分が経過し、アノリーがふたたび叫んだ。

「出てこい、異人よ！　こちらは本気だ。みずから出てこないなら、力ずくで連れだす」

ティフラーは怒りに顔をゆがめた。最初の出会いは友好的なものにしたいと願っていたのだ。非常事態にそなえて準備をしただけだ。しかし、アノリーのやり方には幻想の入る余地はすくなかった。かれはニアに合図した。背後で、開き戸が開けられ、ひとりまたひとりと忍び足で小屋を出るかすかな物音が聞こえた。

ジュリアン・ティフラーは待っていた。三人のアノリーのひとりが長い上っぱりのなかに手を入れ、ふたたび手を出したときには武器をかまえているのが見えた。銃口は開いたままの入口に向けられている。針のように細い、強く輝くエネルギー・ビームが銃身から飛びだし、細い枝で編んだ間仕切りに命中した。発射時間はほんの一瞬だったが、命中の熱エネルギーで炎が発生し、乾いた木が燃えあがった。ティフラーは、アノリーの気質がこれまでに知りあったネイスクールの種族とは異なることを心にとめた。アイスクロウ、ヴァアスレ人、クテネクサー人は、みな平和的で、暴力を好まなかった。ギムトラも同じ考え方を信奉しているようだ。それに対して、グレイの連中はまったくちがう種族だ。あちらの大きなホールではジオン・シャウブ・アインがアノリーの知恵を賞讃しているのに、ここでは、賞讃されているかれらが、ジオンのみすぼらしい住まいを燃やしている。

小屋の周囲で慌ただしい足音がした。変装者のひとりが甲高い警戒の声をあげたが、遅すぎた。いくつものパラライザーの発射音が聞こえた。アノリーは罠にかかったことに気づき、逃げようとしたが、歌うような麻痺ビームのほうが早かった。グレイの連中は次々に地面に倒れた。アノリーのからだがギャラクティカーのパラライザーのビームにどう反応するか、正確にはわからなかったので、攻撃する側の武器は最小出力に調整してあった。

数秒のうちにすべてが終わった。ジュリアン・ティフラーは、このチャンスを利用して、間仕切りを数平方メートルにわたってなめつくした火災を消した。それから急いで外に出た。かれは、車輌でいっぱいの空き地ごしに、向こう側の大きな建物を見た。なんの動きもない。おそらく、ジオン・シャウブ・アインはいまもまだ、明るい口調でブラック・スターロードの創設者の卓越した知恵をほめそやしているのだろう。

ボルダー・ダーンが歩きはじめた。かれはギムトラのエアカーの操縦方法を知っている。数分後に、かれはポンティマ・スクドが客を乗せて運転した車輌でもどってきた。それまでに、ヴァンダ・タグリアが、身動きしない三人のアノリーを無言で積みこんだ。一時間のうちに正気をとりもどすだろう。用心のために、かれらの武器はとりあげた。かれらに深刻な傷を負わせていないことを確認していた。

突然、多くの声が聞こえてきた。中央入口の玄関が開いた。ジオン・シャウブ・アインの講義が終わり、聴衆がいっせいにホールから出てきたのだ。かれらの興奮したおしゃべりは、あのギムトラが教えへの熱狂を呼びおこすすべを心得ている証《あか》しだった。

ジュリアン・ティフラーが険しい顔でうなずいた。

「よし。ポンティマ・スクドとジオン・シャウブ・アインを待つ。これですべてをいっぺんにかたづけられる」

*

アノリーはヒューマノイドだった。だが、テラ出身の人類とかれらをとりちがえるのはむずかしいだろう。フードを脱がせると、かれらの頭は、うしろに向かって卵形に長く伸びていた。なみはずれて大きな脳容量を持っているということかもしれない。皮膚は真っ白で、まったく無毛だった。顔は、人間の考えでは、ボルダー・ダーンが無遠慮に表現したように〝すこし下にさがりすぎ〟ていた。顔は頭の前側の下半分だけを占めていた。ちいさく淡い目の上に、おだやかな弓形の眉がかかっていた。鼻は細長く伸びている。口はちいさかったが、キスするために突きだしたようなふっくらした唇にかこまれていた。顔全体としては無邪気な印象だが、それはテラの視点で見たものだ。そこから誤った推論をしないよう注意しなければ。ジュリアン・ティフラーは、アノリーを無邪気で害がないとはまったく思わなかった。

ジオン・シャウブ・アインとポンティマ・スクドは、グレイの連中の捕縛にショックを受けていた。かれらの抗議にティフラーは耳を貸さなかった。かれは不機嫌だった。いまや、自分を巻きこんだこの茶番を見通していた。かれはネイスクールの知識階層のいちばん上に到達したのだ。モイシュ・ブラックホールへの到着以来ずっと知りたかったことを、アノリーから聞けるだろう。ブラック・スターロードがどのように機能しているのか、そして局部銀河群にもどるためになにをしなければならないか。アイスクロウでさえ、アノリーの存在は知っていたにちがいない。〝アノリイ〟という名はおそらく知らず、スターロードの創設者がどこにいるかも、知らなかったかもしれない。しかし、すくなくともその存在に言及することはできただろうに。そのかわりにアイスクロウは、ティフラーの遠征隊を惑星カアリクスに送り、そこでは、ヴァアスレ人が同じように頑固で狭量な態度をとった。ヴァアスレ人はアノリーを〝ブネスクローレ〟と呼び、そこから、第一の転路係も階層システムを完全には見通せていないことがうかがえた。

しかし、ヴァアスレ人はアノリーの外見を知っていた。だから、ジュリアン・ティフラーとボルダー・ダーンは〝品位ある休養場所〟であれほど敬意と好奇心の入りまじった目で見つめられたのだ。かれらがヒューマノイドの姿をしていたから、ブラック・スターロードの創設者だと思われたのだ！　あとから考えれば、あるいはアクールと評議会メンバーも思いちがいにおちいっていて、説明のつかない異人の出自についての議論をまちがった方向に進めてしまっただけかもしれない。かれらは自分たちがためされていると感じたのだろう。しかし、そうした考察はいまや机上の空論だ。ヴァアスレ人は、クテネクサー人が異人を引きうけることを認めた。クテネクサー人もまた、ティフラーとその仲間をギムトラに引きわたすよりほかになかった。

ジュリアン・ティフラーは怒っていた。かれは嘘をつかれ、あざむかれ、監視され、ばかにされた。こんどこそ本当にこれで最後だ。かれはポンティマ・スクドに、二名の同胞と不幸なドロイド、オクロノシュのこりを連れてくるよう、たのむのではなく、命令した。決定的な話しあいは、ゲストハウスの大部屋でおこなわれた。ジオン・シャウブ・アインはいっしょにくるのをいやがり、マレーシュの君主に対する異人のあつかましさに抗議した。その結果、ティフラーから荒々しくどなりつけられ、すくなくともこの瞬間は、異人にはユーモアも通じないと認めざるをえなかった。

アノリーはとっくに意識をとりもどしていた。かれらは名を名乗った。デグルウム、ガヴヴァル、シルバアトといい、デグルウムがスポークスマンだった。デグルウムには、ふっくらした上唇の上にグレイの黒子《ほくろ》があり、ティフラーはそれをマイクロ装置だと思った。左の耳たぶにはちいさな結晶体が光っているが、おそらく装飾のつもりではないだろう。アノリーは明らかに、からだに技術装置をそなえつけることを好んでいた。ガヴヴァルは、ダイヤモンドのように輝いて目をのぞきこませないコンタクトレンズをつけていた。シルバアトは、一見するとあばたのように見える微小封入物を皮膚に埋めこみ、さらに鼻にフィルターをつけていた。

ジュリアン・ティフラーの視線は、オクロノシュのわずかな残余の台座となっている反重力プラットフォームに注がれていた。オクロノシュの身体物質は干からびたように見え、もう流れだそうとはしていなかった。ティフラーはその汚らしい塊りを手でさししめし、デグルウムに向かっていった。

「それを使ってわれわれをスパイさせたのはなぜだ？」

「あなたたちがだれかわからなかったからだ」アノリーが答えた。共通語のネイスカムで話しているが、ジュリアン・ティフラーには、かれがその言語を完全にはマスターしていないように思えた。発音に訛りがあった。「危険かもしれないと思った」

「あなたたちは、われわれがアイスクロウによってカアリクスに送られたことを知った」ティフラーはポンティマ・スクド、アルゲイブン・ヌグード、バラクン・ツェカムをさししめしながら、「そしてこの三名に、われわれと接触するよう指示した。そのドロイドも持たせてやった。だが、かれらはオクロノシュがはたすべき任務をなにも知らなかったのでは？」

「そうだ」デグルウムが認めた。「奇妙に思えるかもしれないが、われわれにとってはふつうのやり方だ。ドロイドはとくにこの目的のために培養される。ドロイドには、自立したちいさな構成要素に分裂する能力がある。構成要素の知性はかぎられるが、あたえられた任務には充分たりる」

「ドロイドの構成要素は情報を収集することになっていた」と、ティフラー。「だが、どんな目的でオクロノシュを連れ歩くのかを三名のクテネクサー人が知らないとすると、あなたたちはそのつどどうやって情報を入手したのか？」

「それぞれのドロイド構成要素にはマイクロ通信装置がそなえつけられている」アノリーが簡潔に答えた。「さらに、基部にはマイクロコンピュータ一式をそなえている。それらのコンピュータに遠方から呼びかけて、収集した情報を転送させることができる」

ジュリアン・ティフラーは驚きのまなざしで、反重力プラットフォーム上の暗褐色の塊りを見つめた。

「通信装置だって？」と、ティフラー。「あなたたちの通信技術はすばらしく発達しているにちがいない。そんなちいさな物体にハイパー通信装置とそのためのエネルギー供給装置をそなえさせたとすれば……」

デグルウムはみなまでいわせず、いくつかの言葉を発した。ティフラーは話を中断して、トランスレーターが翻訳するのを待った。

「ハイパー通信装置ではない。電磁気ベースの従来の通信装置だ」

「到達距離は？」ティフラーが即座にたずねた。

「数百キロメートル」アノリーの答えが聞こえた。

ジュリアン・ティフラーはかれを見つめ、しばらくなにもいわなかった。ティフラーを知っている者なら、かれの心の動きを見逃さないだろう。かれがようやく口を開いた。

「あなたたちは奇妙な生命体だ。われわれは、友好的につきあいたいと思っていた。しかし、あなたたちは、いうことを聞かせるために暴力を使おうとする。アイスクロウ、ヴァアスレ人、クテネクサー人、ギムトラはあなたたちのしもべ、わたしからすれば忠実なしもべだ。それなのに、中途半端《はんぱ》な情報しかあたえず、かれらも一部をなしている階層の仕組みについては教えてやらない。しかも、かれの」と、ジオン・シャウブ・アインのほうをしめし、「小屋を焼きはらうときもなにも考えていない。あなたたちは、われわれが答えを探していることも、自分たちだけが答えをしめせることも知っていた。ドロイドの構成要素にある通信装置の到達距離が数百キロメートルとすれば、あなたたちはずっと近くにいたということだ。なぜ、そのことを明らかにしなかったのか？」

「あなたにはすべてが奇妙に聞こえるかもしれない」デグルウムが答えた。きまり悪そうなようすはすこしもなかった。「あなたの考え方はわれわれとは異なる。なぜそうした行動をとったのか、いつかわかってもらえるかもしれない。われわれの側としては、あなたたちを誤って判断していたことがわかった。場合によっては危険な存在になりうると思っていたのだ。あなたが理解できないということの多くは、たんなる予防措置だった」

「これは驚いた」ジュリアン・ティフラーが声をあげた。「われわれをだれだと思っていたのか？」

「〝カンタルイ〟だ」

＊

ジュリアン・ティフラーが跳びすさった。疑いに満ちた驚きが顔にあらわれている。

「カンタロだって！　カンタロを知っているのか！　どうしてわれわれをかれらととりちがえることがあるのか？」

「〝カンタルイ〟、あなたの呼び方によればカンタロだが、奇妙な生物だ」と、デグルウム。「かれらは、自然があたえたものでは満足しない。身体機能を最高にまで高めることをつねにもとめていた。その目的を達するためなら、機械、シントロニクス、遺伝子工学など、あらゆる手段を使った。カンタロはわれわれの種族の出だ。しかし、かれらははるかな昔に故郷をはなれ、いまどんな外見をしているかはだれも知らない。わかってもらえるだろうが、あなたたちがカンタロかもしれないとの推測はけっして的はずれなものではなかった」

ティフラーは驚きのあまり言葉を失った。テラナーをカンタロととりちがえる……どうしたらそんなことが起こるのか？　同時に、デグルウムおよびふたりの同族から、謎に満ちた故郷銀河の支配者についてもっと聞くことができるという見通しが、かれを高揚させた。その質問をしたくて、いても立ってもいられない思いだが、この部屋にはよけいな聴衆もいる。アノリーは明らかに、自分たちの補助種族には慎重に選んだわずかな情報だけをあたえるよう心がけていた。いま、アノリーにカンタロについての意見をもとめても、答えを拒否されるだろう。

デグルウムには沈黙が長すぎたらしい。かれが話しはじめた。

「おたがい、知りたいことがたくさんある。あなたの問いは、報告を受けたので知っている。あなたはカンタロについて、イル・シラグサという名の人類について、それから《ナルガ・サント》という宇宙船についてたずねた。わたしはその問いに対する答えをいくつか知っている。しかし、同時に、わたしにも知りたいことがある。あなたがどこからきたのか。そこには本当にわれわれの知らないスターロードがあるのか。とりわけ、なぜあなたがカンタロに関心を持つのか。かれらはあなたの友なのか、敵なのか？　どこでかれらと遭遇したのか？　これらすべてを知りたくてたまらない。あなたの意見も同じだと思うが、ここはそうしたことを話す場ではない。おまけに、あなたの問いに対して言葉だけでは答えることができない。見せることでしか説明できない前後関係がある。だから、ひとつ提案をさせてほしい」

ジュリアン・ティフラーは、アノリーの話に妙に心を動かされていた。この話しあいがはじまったとき、かれは、いらだちや怒り、出席者のうちのある者に対しては軽蔑の念さえおぼえていた。しかし、いま、かれの見解は変わりつつある。デグルウムは、文明生命体に期待されるような理性的な話し方をし、信用するにたるという印象をあたえた。かれは、これまでほかの者たちが理解をしめさなかった質問に答える用意がある。ティフラーは、デグルウムから同権者と見なされたと感じた。以前はそうではなかった。アノリーは、かれをジオン・シャウブ・アインの小屋から、あたかも原始的な下位者の一員であるかのように、いぶしだせると思っていたのだ。

まあ、いい。ティフラーは納得した。異人をつかまえるかわりに、アノリーのほうが異人の手に落ちたのだ。たがいに礼儀正しくつきあえる状況を生みだすためには、乱暴な手段が必要なときもある。この機会にデグルウムの提案を検討することは、無分別ではなかろう。

「聞こう」と、ジュリアン・ティフラー。

「ちょっと通信をすれば、マレーシュ上空にいるわれわれの宇宙船がその場にくる」アノリーが答えた。「船の名は《ヤルカンドゥイ》。ブラック・スターロード航行用に非常によく装備されている。これは大事なことだ。われわれははるかな道のりを進むことになるのだから。あなたと同行者を旅に招待したい。その過程であなたの問いに対する多くの答えが見つかるだろう」

「多くの時間を要する長い旅か？」ティフラーが用心深くたずねた。

「どのくらいの時間をすごすかは、あなたしだいだ。スターロードに沿った航行には、時間の損失はほとんどない。目的地にどれだけ長くとどまるかは、あなた自身が決めることだ」

ティフラーは周囲を見まわした。ニア・セレグリスがほほえみながらうなずいた。ボルダー・ダーンはかぶりを振っていたが、全体として満足しているように見えた。ガリバー・スモッグは下唇をつきだし、考えるように天井を見あげた。しかしかれも、さしあたりデグルウムの提案に欠点は見つけていないようだった。ティリィ・チュンズは前側の両目を閉じていた。これは、考えられるふたつの決断のどちらにも進んでしたがうという意味だ。ヴァンダ・タグリアは目を輝かせていった。

「いいではありませんか？」

ジュリアン・ティフラーはアノリーのほうを向いた。

「あなたの提案に応じる見通しは充分ある。しかし、最終的にはっきりさせるために数時間必要だ」

「わかった。わたしはそのあいだに《ヤルカンドゥイ》を呼びよせ、あす、あなたの回答を聞こう」

デグルウムが立ちあがり、ほかのネイスクール人にも、別れを告げるときがきたことをしめした。三名のクテネクサー人が反重力プラットフォームの駆動装置を作動させた。反重力プラットフォームが滑るように出口を通りすぎたとき、デグルウムがティフラーにいった。

「オクロノシュのことは心配いらない。死んでいる。だが、かれは自分が生きていることすら知らなかった。かれの意識の中身はプログラムが入力した思考だけだ。かれはロボット。それ以上ではない」

「しかし、有機物からできている」ジュリアン・ティフラーが答えた。「あなたの言葉について、よく考えてみよう」

*

そのあと、ずいぶん時間がたってもまだ、ニア・セレグリスとジュリアン・ティフラー、ボルダー・ダーンはいっしょにすわっていた。

「わたしはいい考えだと思いますね」と、ダーン。「これまでの人生のあいだずっと、イル・シラグサを夢みてきたんです。人類が生みだしたもっとも美しい女性のひとりだというじゃありませんか」

「いつも誤った動機から正しい判断をするのでなければ、もっときみを信頼するんだがな」ティフラーが親しみをこめてからかった。「われわれはデグルウムの申し出を受けることに決めた。だが、イル・シラグサに再会するという望みは、決断にあたってまったく重要ではなかった。それに、彼女が宇宙でもっとも美しい女性だったとしても、いま七百歳をはるかに超える年齢で、細胞活性装置もなしに、どんなふうに見えるだろう？」

ボルダー・ダーンがため息をついた。

「人は夢を見るものです」と、かれ。

「わたしはまったくべつの心配をしてるわ」ニアがいった。

彼女はこのあいだずっとしずかにしていた。彼女の予期せぬ発言はすぐにふたりの男の関心を引いた。

「どんなこと？」ふたりが異口同音《いくどうおん》にたずねた。

「デグルウムは、旅の長さはわたしたちしだいだと断言したわ」と、ニア。「スターロードに沿った航行にはそれほど時間はかからないと。かれは正しいかもしれない。イホ・トロトはまったくべつの体験をしたけれど。でも、アノリーがわたしたちの眼前にあらわにしようとしているすべての秘密に接したとき、わたしたちはタイミングよく、後方で待っている三隻の宇宙船のことを思いだすかしら？　それに、そもそもわたしたちの最優先の課題は、一刻も早く故郷銀河にもどることだということも？」

ティフラーは、その質問を深く考えていないようすで手を振った。

「彼女はだれと結婚していると思っているんだろう？」かれは、第三の見えない聞き手がいるかのように空に向かってたずねた。「刺激的な展開になるとすぐに自分の義務を忘れる、無責任な冒険家とか？」

ニア・セレグリスは突然真顔になって、前に身をかがめた。

「本当に心配な者が一名いるわ」と、彼女。

「だれのことかい？」

「トシュ＝ポインよ。《バルバロッサ》が逃走して、かれの愛する中性とははなれてしまった。かれは《ペルセウス》に、かれからしてみればまさに、囚《とら》えられている。《ペルセウス》にはマモシトゥは一名もいないのだもの。男性も中性も女性も。どうやって問題に対処するのかしら？」

ジュリアン・ティフラーが笑い、ボルダー・ダーンも同調した。

「それはかれが心配することだ」ティフラーは、笑いの発作が半分おさまったところで答えた。「恋の問題はまじめに受けとめるべきだ。しかし、目の前にあることのほうがはるかに重大だ」

ニア・セレグリスは気づかわしげなまなざしを向けた。最初は、その話題についてこれ以上発言したくないかのように見えた。だが、最後にいった。

「さあ、どうかしら……」

あとがきにかえて

田中順子

このたび、〈宇宙英雄ローダン〉シリーズの翻訳を初めて担当させていただきました。どうぞよろしくお願いいたします。

気球による宇宙遊覧飛行の事業化を目指す北海道のスタートアップ企業が、先日、有人飛行実験で最高高度二万メートル超えを発表しました。近くパイロットと搭乗客の二人乗りキャビンでの遊覧飛行を開始する予定とのこと。いずれは、がんばれば手の届く価格で、成層圏から宇宙空間や地球を眺められるようになるかもしれません。怖がりなので、ふだんは気球に乗りたいとは思わないのですが、高高度から地球を俯瞰《ふかん》する体験はしてみたい気がします。そのとき、世界観はどんな風に変わるでしょうか。外から地球を見る視点を多くの人が共有できたら、この星で繰り広げられる戦争や紛争、気候変動問題や社会の分断にも、よりよい解決策を見いだせるでしょうか。

訳者略歴　お茶の水女子大学文教育学部史学科卒，翻訳者　訳書『緊急速報（下）』シェッツィング（共訳，早川書房刊）他

HM=Hayakawa Mystery
SF=Science Fiction
JA=Japanese Author
NV=Novel
NF=Nonfiction
FT=Fantasy

宇宙英雄ローダン・シリーズ〈721〉

ブラック・スターロード

〈SF2456〉

二〇二四年九月　二十日　印刷
二〇二四年九月二十五日　発行

（定価はカバーに表示してあります）

著者　アルント・エルマー
　　　クルト・マール
訳者　田《た》中《なか》順《じゅん》子《こ》
発行者　早川　浩
発行所　株式会社　早川書房
郵便番号　一〇一 - 〇〇四六
東京都千代田区神田多町二ノ二
電話　〇三 - 三二五二 - 三一一一
振替　〇〇一六〇 - 三 - 四七七九九
https://www.hayakawa-online.co.jp

乱丁・落丁本は小社制作部宛お送り下さい。
送料小社負担にてお取りかえいたします。

印刷・信毎書籍印刷株式会社　製本・株式会社明光社
Printed and bound in Japan
ISBN978-4-15-012456-4 C0197